The Research on Ironic Narration in David Lodge's Novels

戴维·洛奇小说的反讽叙事研究

孙希佳 著

北京师范大学出版集团
BEIJING NORMAL UNIVERSITY PUBLISHING GROUP
安徽大学出版社

图书在版编目(CIP)数据

戴维·洛奇小说的反讽叙事研究/孙希佳著. —合肥:安徽大学出版社,2021.1
ISBN 978-7-5664-2158-6

Ⅰ. ①戴… Ⅱ. ①孙… Ⅲ. ①小说研究—英国—现代 Ⅳ. ①I561.074

中国版本图书馆 CIP 数据核字(2020)第 237714 号

戴维·洛奇小说的反讽叙事研究 孙希佳 著

出版发行:北京师范大学出版集团
安 徽 大 学 出 版 社
(安徽省合肥市肥西路 3 号 邮编 230039)
www.bnupg.com.cn
www.ahupress.com.cn
印　　刷:合肥远东印务有限责任公司
经　　销:全国新华书店
开　　本:170 mm×230 mm
印　　张:10.5
字　　数:171 千字
版　　次:2021 年 1 月第 1 版
印　　次:2021 年 1 月第 1 次印刷
定　　价:32.00 元
ISBN 978-7-5664-2158-6

策划编辑:李 梅 高婷婷 李 雪
责任编辑:高婷婷 李 雪
责任校对:韦 玮
装帧设计:李 军
美术编辑:李 军
责任印制:赵明炎

前　言

在我攻读硕士学位时，教授我们“西方文论史”的陈兵教授在谈及解构主义时提到了英国当代小说家戴维·洛奇，认为洛奇的小说是学术界和文学理论的完美结合。我对此充满好奇，便去读洛奇的小说。我首先阅读的是他的“校园三部曲”，虽然那时还不能完全理解书中的理论内容，但其诙谐的语言和精妙的结构让我欲罢不能。在跟随朱刚教授攻读博士学位时，我选择戴维·洛奇及其作品作为博士论文的主攻方向，得到了朱教授很大的支持和帮助。后来，我赴美国俄克拉荷马大学参加英文系联合培养项目，第一次近距离地接触西方文化。2017 年，我赴英国曼彻斯特大学做访问学者，深入体验了洛奇作品得以产生的文化语境，更为直观地意识到洛奇作品中的诙谐幽默和反讽植根于英国的大众文化，也明了洛奇为何会对不同文化间的对话性、宗教与世俗、严肃与喜剧等具有鲜明二元对立特征的元素如此看重。其中，最吸引我的就是洛奇小说中的反讽性。

反讽可谓洛奇小说最显著的语言特色。我之所以选择从这个角度对洛奇的小说进行系统研究，是因为反讽叙事是洛奇小说创作的主要技法之一，还参与了文本意义的生成过程，彰显了作者的价值判断。虽然洛奇很少在作品中进行道德判断，不用激烈的方式探讨社会问题，但他却借助反讽叙事手法，在嬉笑怒骂、亦庄亦谐中对严肃问题进行探讨。

总体而言，国内外关于洛奇作品的叙事学研究较为成熟，已有以叙事模型、叙事人物、叙事角度、叙事空间等为主要方向的研究成果。本书侧重于研究洛奇作品中反讽叙事的表征形式，同时，将洛奇的作品放入当代英国的文化语境之中，探讨作者为何选择运用反讽叙事手法凸显严肃主题。与同时代的马丁·艾米斯、安东尼·伯吉斯、伊恩·麦克尤恩不同，洛奇的作品中鲜有激烈的冲突和强烈的情绪，洛奇擅长运用相对温和的语言，多用幽默诙谐的方式表达自己对某些社会问题的不满，而反讽无疑是他实现这一目的的最佳方式。

本书共分为八章，每章的内容如下：

第一章为绪论，对作者、作品及本书的研究范围作了简要的介绍，并阐述了本书的主要观点。

第二章对戴维·洛奇的后现代定位进行阐释，认为他的作品体现了后现代性的典型特征，充分展示了他作为一名“经典现代派的高级现实主义小说家”的创作理念。在这一部分，本书从洛奇所处的社会文化背景和他的生活、教育、工作、创作背景对其所认可的后现代性进行分析，同时对洛奇小说创作产生很大影响的福利国家政策、巴特勒教育法、罗宾斯报告、梵蒂冈大公会议、后现代性和大众文化所持有的主要理念进行分析，阐释洛奇小说中反讽叙事得以产生的外部因素。

第三章对“反讽”的概念进行梳理，认为反讽的基本含义锁定在语言的表层意和内涵的间离之中，目的是为了对叙事对象进行讽刺，具有一定的喜剧成分。反讽将读者纳入文本意义的生成过程之中，延长了读者审美阅读的过程，打破了以往“非此即彼”或“非黑即白”的二元对立。质言之，反讽叙事的最终指向在于消解文本中的“单一视境”叙事，凸显作者的价值判断及其对读者的精神引导。在洛奇的小说中，反讽的审美特征主要以悖论或语义含混的方式体现出来，指涉特定语境中所有的“非直接表达”，通过在同一个表述方式中并置两个互为悖论的意义而形成张力。此外，本章总结了洛奇小说中反讽的艺术表现形式，主要有言语反讽、人物反讽、情境反讽、文体反讽等。

第四章着重对洛奇小说中的言语反讽和人物反讽进行分析。言语反讽不仅使文本的可读性增强，还赋予文本以鲜明的价值导向。它是营造喜剧性的一种方式，更是作者探讨严肃主题的根本途径。人物反讽与言语反讽相伴相生，通过对特定人物在特定语境下的言语进行反讽，作者实现了语言的表层意和隐含意之间的间离，营造出具有反讽意蕴的文本空间。

第五章对小说中的情境反讽进行研究。与言语反讽不同，情境反讽更强调整体性，着眼于叙事结构和情节构建之间的内在张力，突出小说的主题和情节中的矛盾和冲突，以及由此引发的意义间的悖逆。情境反讽是洛奇小说反讽叙事的重要组成部分，它不仅在文本中营造丰富的喜剧效果，还体现了当时社会上诸多观点和概念的相互冲突。

第六章分析了洛奇小说中的文体反讽。文体反讽打破了文体内容与形式的契合度，破坏了其表意规范，营造出内容与形式不一致的文本空间，由此产生反讽效果。在洛奇的小说中，文体反讽主要通过戏仿、文本拼贴、复调和元小说的方式得以实现。通过运用这些后现代叙事技巧，洛奇文本的形式和内涵不再依顺于同一目的，它们之间出现了间离，取得了滑稽幽默的艺术效果。在滑稽和嘲弄中，作者以一种隐蔽的方式对诸多社会问题进行反思和探讨。

第七章着重研究了洛奇小说中的伦理观念。虽然洛奇的小说中并不存在体系性的伦理观念，也没有对伦理进行系统性探讨，但不影响他对伦理的剖析。作者运用反讽叙事手法在文本中彰显自己的价值判断和伦理导向，实现了叙事与伦理在文本中的统一，使读者更加理性地去认识和发现文本中所表现出的伦理问题，在伦理意义上反省后现代性所带来的问题并找寻伦理救赎的方案。

第八章对本书内容作简要总结。

概言之，洛奇文本中的反讽叙事实现了虚构文本对现实社会的影响力，本书将洛奇的天主教小说和校园小说进行合并研究，认为反讽叙事是贯穿其中的主导性叙事手法。其最终目的是在文本中践行自己的价值判断，以此影响读者的文本阅读审美批评标准，最终形成读者和创作者的“共谋”，在主体之间的关系中实现文化身份的认同，拓展小说文本的语意空间，折射出作者的反讽意识和自我意识。

本书为国际科技大学国际关系学院资助项目出版成果。在本书的撰写过程中，我得到了诸多师长、同事和家人的关心和支持，在这里我要向他们表示感谢。首先，我要感谢我的导师方杰教授。方教授给予了我很多的关怀和指导，让我在研究遇到瓶颈时有勇气和信心坚持下去。师从方教授做博士后研究的那些年，我学到了科学的研究方法，感受到方教授严谨的科学态度和巨大的人格魅力。其次，我要感谢李健波教授、王波教授、何树教授给予的指导和启发。葛校琴教授也对我早期的研究计划提出了极其重要的意见，使我能够打开思路，用更为开阔的、具有跨学科特点的方法进行文学研究。对此，我深深感激，并永远铭记。

在撰写本书期间，我还要感谢我的领导对我的帮助和支持，为我的研究提供了最为充分的时间保障。院里各位同事们的关心和帮助也让我倍感温暖。在此，向曾经帮助过我的领导和同事们表示真诚的感谢。

最后，我要感谢我的家人。我的父母在精神上和生活上一直给予我很大的支持和理解。我的儿子在我忙于科研和教学而无法顾及他的时候从未打扰过我。如果没有家人的支持和帮助，我的研究很难按期完成。我在此表达对他们衷心的感谢。

由于本人水平有限，本书难免有不足之处，恳请学界专家与读者不吝指正！

目 录

第一章
绪　论

一、作者与作品简介

戴维·洛奇（1935～）是“二战”后英国文坛上颇具影响力的一位作家，他的作品再现了英国社会在战后经历的种种变化，亦折射出英国后现代文化的典型特征。

洛奇作品颇丰，从1960年公开发表第一部小说《看电影的人》（*The Picturegoers*，下文中简写为TP）起，到2017年的新作 *Writer's Luck*，他已发表14部小说、5部剧本和12部评论性作品。1960年，洛奇赴伯明翰大学英文系任职，从事教学研究工作，直至1987年退休，自此专职写作。在他的写作生涯中，他所熟悉的学院生活成为了他创作的源泉。20世纪七八十年代，他创作了以大学校园为背景的“校园三部曲”——《换位》（1975）、《小世界》（1984）和《美好的工作》（1988），蜚声文坛。此外，他早年所受到的天主教教育也在他的小说中留下了不可磨灭的印记。洛奇还试图在文学研究、创作与社会文化之间寻求契合点，因此他后期创作的作品多体现对社会问题的关注和思考。

总体来说，洛奇的小说大致可以分为三类：天主教小说、校园小说和传记性小说[①]，这三类小说在洛奇的写作生涯中交替出现。除了作者的自觉意识的凸显和后现代写作技法的使用之外，它们之间的共性还在于反讽叙事背后隐藏的文化和伦理内涵。本书以此为切入点，对戴维·洛奇的小说进行全景式的回顾，发现和解读隐藏在反讽叙事中的伦理意义，总结洛奇小说中的人物观、情节观、叙事语态、叙事话语的功能及其中蕴含的伦理之维，挖掘反讽叙事的表征形式及其呈现出的文本范式，证明反讽叙事性伦理形式和伦理内容的结合体现了作者对后现代伦理问题的深入思考，反映了洛奇小说在伦理层面所经历的自我反省的艰难历程。

二、研究范围

在小说创作中，洛奇的叙事手法具有典型的反讽性特征，对西方社会中的诸多问题进行探讨和批判。本书以戴维·洛奇小说的反讽叙事研究为切入点，对小说叙事艺术进行分析，认为洛奇在写作中所表现出的强烈的自我意识是其反讽叙事的内驱力。反讽叙事不仅仅是洛奇小说创作的主要手法之一，还参与了文本意义的生成过程，彰显了作者的价值判断。本书将戴维·洛奇小说置于当代英国文学的大环境中，通过对比，界定了小说反讽叙事手法产生的时代背景，并确定了文本表征形式，探讨了洛奇如何借助反讽凸显意欲表现的严肃主题，同时对以下问题进行研究：

(1) 在天主教日渐式微的当代英国社会，洛奇为何选取被边缘化的天主教作为他诸多小说的主题？他为何运用反讽叙事的手法在文本中再现天主教的主题？这种叙事手法对天主教诸多问题的探讨有何社会意义？

(2) 洛奇的小说大致可以分为天主教小说和校园小说两类。这两类小说在叙事手法上是否存在共性？

(3) 洛奇并不是唯一一位使用反讽叙事手法的作家，与同时代其他作家相比，洛奇的反讽叙事有何独到之处？

三、观点简述

由于自幼受到天主教家庭的影响，洛奇创作的小说不可避免地带上了宗教的印记，他对天主教的认知、再现和评价真实地反映了“二战”后英国社会精神风貌的变化。他运用喜剧手法在虚构文本中再现了与天主教相关的诸多严肃问题，构成反讽叙事的文本基础。与其他天主教小说家不同，洛奇的天主教小说具有明显的世俗化特征，与他的校园小说在叙事模式和叙述母题上有着千丝万缕的关系。这种关系将他的宗教小说与校园小说串联到一起，其中起主要作用的因素便是反讽叙事手法的使用以及对文化身份的强调和确立。与同时代的其他作家相比，洛奇的反讽叙事中没有激烈的嘲讽和愤怒的呼吁，他用一种低调、不张扬的方式表达自己对社会现象的不满，在亦破亦立中确立了具有自觉意识的文化身份。本书通过梳理洛奇小说中“反讽叙事”的定义和概念，认为反讽的多义性、含混性和不确定性是洛奇文本的显著特征。洛奇运用反讽将互相冲突、互不相容的事物并置，增强了文本意义的张力；将小说文本与社会现实紧密结合在一起，通过虚构文本讨论社会问题。

在洛奇的小说中，反讽的悖逆性表达方式起到了积极的作用，并参与了文本意义的建构过程，协助读者挖掘隐含在反讽背后的真实写作意图和价值取向。例如，洛奇就借助反讽对伦理问题进行了探讨，其目的是要在文本中实现一种能够和后现代世俗社会产生密切联系的、具有世俗伦理特征的宗教关怀形式。本书对反讽与伦理的结合进行深入剖析，认为反讽揭示出了文本意义所隐含的深层伦理含义。本书也通过研究小说文本中的人物反讽、言语反讽和情境反讽，揭示反讽叙事的悖逆形态所蕴含的矛盾对立因素，认为反讽的言语功能不仅仅是修辞性的，更是语意性的，反讽叙事的悖逆形态之根源便是言意之间的悖论性并置。此外，本书还对戴维·洛奇小说中的反讽叙事进行界定，认为其主要特点在于喜剧手法和严肃主题的结合，而这一结合本身就具有明显的反讽意味；同时对反讽的含混性和复杂性进行理论梳理。在洛奇的小说中，反讽的审美特征主要以悖论或语义含混的方式呈现。

最后，本书对洛奇小说中反讽叙事的多线程特征以及其中蕴含的虚实关系进行研究，从中分析洛奇小说的文化身份确立过程。在洛奇的小说中，复调、元小说和戏仿等后现代叙事技巧与反讽的结合实现了小说创作过程的自我暴露的目的，洞穿了小说的虚构性，颠覆了读者对真实性的认知。在这种具有破坏性的阅读体验中，叙述者赋予了读者批判的眼光，消解了真实与虚构之间的界限，捍卫了小说的文学性，塑造了作者的自我意识和文化身份理念。

洛奇小说中的反讽指特定语境中的所有“非直接表达”，通过在同一个表述方式中并置两个互为悖论的意义而形成张力。在现代文学批评中，反讽指言语矛盾或悖逆并举的意义，展现出言意的多重可能性。正是由于言语不确定性的反讽构成了语言和意义之间的矛盾，推动了二者之间多维动态关系的形成和多重言意的生成。反讽叙事不仅仅是洛奇构建文本的方法，它还参与了文本意义生成的过程，实现了小说对现实社会的影响力，进而实现虚构文本对社会现实问题的介入。

本书突破了以校园小说中的反讽叙事为单一研究对象的模式，将研究视角延伸到洛奇的整体创作之中，认为批判并不是作者运用反讽叙事的最终目的，其导向作用在于践行作者的价值判断，并以此影响读者的审美批评，最终形成读者和创作者的“共谋”，在主体关系中实现文化身份的认同，拓展小说文本的语意空间；同时，洛奇对天主教积极作用的认同和对教条的批判本身就形成了具有反讽意义的语境空间，目的是为了确立被日益边缘化的天主教小众群体的文化身份。本书着重研究洛奇小说中的言语反讽、人物反讽、情境反讽和文体反讽在小说创作过程中的功能，揭示洛奇对当代英国社会问题的深入思考和主体间身份确立的认知，实现虚构文本对现实世界的影响力，折射作者的反讽意识和自我意识。

【注释】

① 戴维·洛奇曾创作《作者，作者》（*Author!Author!*）、《风流老子》（*A Man of Parts*）等传记性小说。*Author!Author!* 是以亨利·詹姆斯最后几年的生活状态为素材的小说，《风流才子》是根据 H·G·Wells 的生平为蓝本创作而成。与普通意义上的传记作品不同，洛奇在创作这两部小说时，并不是完全按照人物的生活经历构建故事情节，而是有意识地对事实进行艺术的改编，使其适应情节发展的需要。2015 年，洛奇的作品《生逢其时》（*Quite a Good Time to Be Born*）面世，回顾了自己的生活经历以及作为小说家的成长历程，是一部具有自传性质的作品。

第二章 戴维·洛奇的后现代定位

一、戴维·洛奇和他的写作生涯

本章从洛奇的时代背景和生活背景两个方面对其进行后现代定位，着重分析时代背景、生活经历和写作经历对其创作的影响。同时，将洛奇的文本放入英国社会和文化的大背景中进行系统性描述，分析洛奇反讽性叙事文本生成的外围因素。

洛奇的第一部小说《看电影的人》发表于1960年，故事的主人公是马克和克莱尔这对年轻恋人，作者以他们的视角展开了对宗教与世俗关系的探讨。马克曾经是一名“摇篮教友”[①]，但在成长过程中，这种被强加的信仰并未给他带来精神上的慰藉，反而成为了他精神上的桎梏，滋生出对宗教的反感情绪。因此，他选择脱离天主教，不再遵守天主教的教规。上大学期间，他借住在一个天主教家庭，房东大女儿克莱尔的沉静和纯洁吸引了他。青春年少的他萌生了对克莱尔的仰慕之情，希望能够和她谈一段世俗的恋爱。然而，克莱尔从小受天主教洗礼，一直接受严格、系统的天主教教育，始终将天主教社会规范作为自己行事的指导，希望这场恋爱的归宿是具有圆满意义的天主教婚姻。因此，她一直为马克祈祷，请求天主显现神迹，帮助马克重新回到天主教的怀抱。但是在马克看来，她的这些思想幼稚可笑。他认为克莱尔盲目遵从教规，信仰只存在于弥撒和祈祷仪式当中，缺乏对天主教感性的认知，缺乏信仰者应该具有的信念和激情。在克莱尔为马克祈祷的同时，马克也一直试图说服克莱尔，希望她能够接受一些世俗的思想，不要完全沉浸在宗教之中，恢复恋人间应有的情趣。两个人的恋情在天主教的影响下变得一波三折，成为了小说情节构架的主体。

作为戴维·洛奇的第一部小说，《看电影的人》充分显示了作家的写作功底和实力，“洛奇所钟爱的‘二元结构’和‘对话技巧’在他的处女作中已略显雏形”（吴琴华、田颖，2007：34）。二元结构正是这部小说情节构建的主要方法，亦是彰显小说反讽特性的主要手段。其中，代表宗教的教堂和代表俗世的电影院是最为突出的一组二元对立，它们之间的不可调和性是宗教与世俗间冲突的缩影，亦成为了小说反讽叙事的基石。这种情节构架使小说结构具有了很强的对称性，也成就了小说“跷跷板”式的情节设计，引发了小说情节和人物之间的反讽性互动。在小说的结尾，克莱尔和马克的思想发生了颇具反讽色彩的反转性变化。马克在经历了一次朝圣之旅后，突然对神职产生了兴趣。他认为，几个世纪以来，让无数人前赴后继、心向往之的宗教，一定蕴含某种难以参透的意义，对这种意义的追寻让他对宗教生活产生了浓厚的兴趣。最后，他终于向克莱尔坦白，期望能当一名神父以追寻自己的宗教理想，克莱尔却没有感到欢欣鼓舞。长久以来，马克带给她的世俗理念已经动摇了她以前坚若磐石的宗教思想，对天主教了如指掌的她认为马克将会成为另一个宗教牺牲品。她说：“从你第一次带我去看电影时，你就开始改变我了，你以你自身的形象来塑造我，使我像你；现在我已经变得像你了，你却像过去的我了。我们之间的情形犹如跷跷板，一端上去了，另一端就下来了。”（吴琴华、田颖，2006：33）在马克逐渐走向宗教的同时，克莱尔却逐渐走向世俗。作者对这种情节的处理使得对立的二元发生了反向性变化，这不仅增加了小说的可读性和反讽性，也在很大程度上增强了文本的张力。

这部小说另一个可圈可点之处在于其宏大叙事式的对话主义元素。作者以传统现实主义为主要创作手法，营造了一个有着众多人物和多线叙事特色的文本世界，表明了作者向传统现实主义的回归，产生了强烈的陌生化效果，在文本中实现了现实主义与现代主义的对话，也凸显出对话性[②]对情节构建的直接影响力。在《看电影的人》中，作者对宗教伦理和世俗伦理进行了深入的探讨，通过反讽叙事的手法，在文本中再现宗教教规与世俗享乐之间的冲突，展现了天主教中过时的教规对人性的压制，对个人选择权的剥夺，严苛的教规也给青年天主教徒带来了情感困惑，揭示了人物身处伦理困境的原因，并试图在文本中找寻解决伦理困境的答案。

1965 年，洛奇融合了学院生活与宗教元素，创作小说《大英博物馆在倒塌》（*The British Museum Is Falling Down*，下文中简写为 BMIFD）。这部小说的核心依然在于宗教与世俗生活之间的冲突。作者采用了喜剧手法来表现二者间的矛盾，通过表意的二分法加强了文本的反讽叙事。小说的主人公亚当·爱坡比是英文系的在读研究生，同时也是三个孩子的父亲。小说开头，亚当就陷入了极度焦虑的状态，他担心自己的妻子芭芭拉再次有孕。对于这对没有固定经济收入的年轻夫妇来说，三个孩子已经给生活带来很大的压力，如果家中再次添丁，那将会是一个巨大的负担。在小说中，作者将亚当和芭芭拉定位为天主教夫妇，解释了为什么他们不能像非教徒夫妇那样，采用避孕手段自行决定自家的人口数量。在种种压力之下，亚当终日做着白日梦，试图通过这种方式规避生活中的种种困境。在这部小说中，洛奇采用了反讽叙事手法，展现人物在面临伦理困境时内心的焦虑和挣扎。喜剧手法的运用使这部小说具有很强的可读性，洛奇以一种温和的方式再现了宗教与世俗间的冲突。传统意义上的天主教小说鲜以喜剧手法为主导型叙事手段，洛奇的这一创新，辅以陌生化和反讽效果，对天主教和非天主教读者都产生了一定的吸引力。

继《大英博物馆在倒塌》之后，洛奇相继出版了三部校园小说《换位》《小世界》和《美好的工作》——它们被称为"校园三部曲"。洛奇在这些文本中再现了他所熟悉的校园生活，糅合了后现代主义的写作手法，将"三部曲"打造成为内容丰富的小说盛宴。与他早期小说的主题不同，对天主教教规的批判和不满在这时退居幕后，作者关注的重点不再是宗教带来的伦理困境，而是对世俗语境中伦理问题的探讨，尤其是对婚姻家洛奇庭伦理和学术伦理的思考。《换位》（*Changing Places*，下文中简写为 CP）被称为洛奇“最富有革新精神的小说”（蒋翃遐，2012：62），有着极其对称的二元对立结构。蒋翃遐认为，《换位》“体现了洛奇主张二元文化的沟通与对话的思想主旨，在坚持现实主义小说传统的同时，糅合现代、后现代小说技巧的创作风格”（蒋翃遐，2012：61），是作者后现代小说创作实践的代表之作。洛奇在文本中虚构英国的鲁米治和美国的尤福利亚两地，讲述了鲁米治大学的菲利普教授和尤福利亚大学的扎普教授互换职位的诸多经历。作者对英国文化和美国文化进行了全方位的对比，运用反讽叙事手法，揭示了不同文化语境对自我意识和身份建构的影响。

三部曲的第二部《小世界》（*Small World*，下文中简写为 SW）采用了“圣杯追寻”的叙事模式，将颇具宗教意蕴的“圣杯追寻”转化为世俗意义上对名利的追寻。在小说开篇的“序曲”中，作者写道：“现代研讨会酷似中世纪的基督徒朝圣，因为它使参加者纵情享受旅行中的各种乐趣和消遣，而看起来又似乎在严肃地躬行自我完善。”洛奇非常善于在两个看似没有关系的事物之间发现关联并建立联系。在这里，他将中世纪教徒的朝圣与现代的研讨会并置同一空间内进行比对，让人们在二十世纪学院的学术研讨会中听到了中世纪的回声。这种富有隐喻意义的叙事手法增大了情节张力，凸显作者对伦理问题思考的延展性和多维性。学者们对研讨会的追逐，一如古代圣徒对朝圣的渴求，中世纪的朝圣与现代研讨会之间的共通之处在于它们的“追寻”母题——对圣杯的追寻和现代人通过研讨会对学术名利的追寻——有着引人注目的相似性。它们之间的关联存在于隐喻的文本世界之中，具有反讽叙事的典型特征。在一定意义上，洛奇运用宗教母题来构建世俗小说情节这一模式，凸显了他努力融合宗教元素与世俗元素以实现文化多元化的意图，也透露出作者的伦理意图，即现代社会中的婚姻伦理与学术伦理在社会中的地位恰如中世纪的宗教伦理，是社会文化语境的重要组成部分。只有践行伦理关怀，才能逐渐引导个体走出伦理困境。

“三部曲”中的最后一部《美好的工作》（*Nice Work*，下文中简写为 NW）对社会变革给高等院校带来的影响和冲击进行了深入的探讨。这部小说创作的社会背景是20世纪七八十年代的英国，当时的英国高校因撒切尔政府削减公共开支而困难重重。洛奇以此为背景，描绘了一个由于缺乏科研经费而深陷危机的鲁米治大学。但是高校所面临的这些困难，在资本家维克看来，却如同小孩子玩的游戏一样不值一提。这部小说着力表现了学院与工业界之间剪不断理还乱的关系。与洛奇诸多早期作品一样，这部小说也有着对称的二元结构。代表学院派精英文化的女学者罗宾和代表通俗文化的工厂主维克分列二元的两端，二人的关系从一开始就剑拔弩张，他们站在自己所代表的阶级的立场上，对对方口诛笔伐。然而，正是在这种交锋中，双方开始互相了解，逐渐靠近，最后达成和解。他们在文本中的和解具有非常重要的现实意义，体现了大众文化和精英文化间相互促进、融合的可能性。同时，作为文论家的洛奇对叙事手法的熟练应用也为评论家所关注。李斯认为，洛奇“在叙事形式上革新的同时，还兼顾了小说内容的现实性，一方面系统地展示了叙事诸要素在戴维·洛奇小说文本中的表现形态，一方面有意识地分析了隐藏在洛奇的叙事策略背后的人学、文化内涵”（李斯，2007：171）。多重叙事手法背后隐藏了丰富的人文和伦理内涵，在文本中成就了二元的对立和融合。另外，这部小说也有着英国传统现实主义的诸多痕迹，伯贡齐认为，“洛奇虽在19世纪六七十年代的大环境里质疑过现实主义，但经过谨慎思考，他开始向维多利亚现实主义传统回归”（转引自何畅、王丽，2013：188）。面对现代—后现代主义风行一时的英美文坛，洛奇向现实主义的回归显得标新立异，也凸显了他对传统伦理道德的思考。

1980年，洛奇创作了他的第三部天主教小说《你能走多远》（*How Far Can You Go*，下文中简写为HFCYG）。这部小说着重表现了1968年第二次梵蒂冈大公会议召开前后，当代英国天主教在宗教变革之际所遇到的诸多问题。对于年轻一代的天主教徒而言，这些问题都集中在“人工避孕”这个焦点上。天主教社会规训明确反对人工避孕，只允许用所谓的“韵律避孕法”，而多年的经验表明，这种方法收效甚微。在当代社会，有着众多子女的天主教家庭比非天主教家庭承担了更多的生活压力，却无力改变现状，困在焦虑与无助中不能自拔。《你能走多远》借助小说人物的话语，围绕着这个话题进行了深入的探讨，因此也涉及一些世俗情感和宗教信仰方面的核心话题。与《大英博物馆在倒塌》类似，这部小说的核心冲突依然是天主教教规对人工避孕的禁止和年轻的平信徒[③]对人工避孕的需求。但不同的是，洛奇并没有再次使用喜剧手法来探讨严肃的话题。他以十名年轻人十年间的生活经历为基础，运用"对话性"和"狂欢化"[④]的模式为叙事手段，在文本中营造出一个具有多维元素的时空体。洛奇对"你能走多远"这一主题进行了多线程叙事，展现了宗教与世俗间持续不断的对话，诸如婚前与异性能走多远、教徒在宗教改革之路上能走多远、教会在人工避孕这个问题上的规定能走多远等。在这个空间中，小说人物不再陷入伦理困境当中的纠结和焦虑情绪，而是积极寻求对话的途径和解决问题的方法，以期获得伦理救赎。

1991年，洛奇创作了另一部天主教小说《天堂消息》（*Paradise News*，下文中简写为PN）。小说的主人公伯纳德是神学院的一名讲师，然而，在走上神学院的讲坛之后，他愈发觉得自己的思想和言行与信仰渐行渐远。他虽然身处天主教组织之中，熟知所有的规范和教义，却再也找不到对信仰的热情，他对自己一直以来坚信的天主教教义产生了怀疑，这直接导致他对信仰的放弃。在此背景下，他与父亲一起踏上了前往夏威夷的旅程，探望已时日无多的姨妈。这次旅程使伯纳德第一次近距离、全方位地接触到世俗文化。作者在小说中运用反讽叙事的手法，再现了"入世"的伯纳德所经历的文化冲击，赋予这次世俗的旅程"朝圣"的含义。洛奇通过展现伯纳德最初的困惑、挣扎到最后的精神救赎，试图传达给读者这样一种理念：在世俗社会中，宗教信仰应该是一种立足现世的生活哲学，而不应成为精神的桎梏，只有这样，才能给人们带来精神上的救赎。

作为戴维·洛奇的最后一部天主教小说，《治疗》（1995）亦有着对天主教问题的探讨。在《治疗》的开篇，主人公劳伦斯正陷入一系列的中年危机而无法自救。原本身体硬朗的他忽然得了一种名叫"膝盖内部紊乱"的毛病，后来，面对着日益激烈的职业竞争，他主笔的电视剧剧本开始被删改，紧接着又陷入了离婚的泥沼。被这些突发状况弄得焦头烂额的劳伦斯愈发陷入自己的世界不能自拔，他不断地尝试各种治疗方法，希望能够摆脱不知名的膝盖疼，以缓解日益加重的精神焦虑。在一次治疗过程中，治疗师用的薰衣草精油使他回想起自己的初恋女友莫琳。他忽然意识到，他现在遭遇到的重重危机也许是当年他抛弃莫琳的报应。也许找到莫琳并向她忏悔，就可以使自己从这些危机中全身而退。带着这种颇具功利主义的思想，劳伦斯踏上了寻找莫琳的“朝圣之旅”。然而，这次“朝圣之旅”却对劳伦斯的生活产生了意想不到的影响，他不仅在途中完成了自己的忏悔，重新感知了爱情的甜蜜，还实现了伦理救赎，获得了身份认同。洛奇似乎是希望通过劳伦斯最终获得精神救赎的故事告诉读者，身份认同的确立与个人对自身的悦纳有着紧密的联系，而精神上的救赎，只有在现世的身份认同中才具有现实的价值和意义。

2008 年，洛奇出版了他的经典校园小说《失聪宣判》（Deaf Sentence）。在文本中，他将小说主人公遭受耳背之苦的经历与年岁渐高的生活状态结合在一起，淋漓尽致地展现了人物所遭遇的生活困境。小说的主人公是英国某大学的语言学家戴斯蒙德·贝茨教授，尚未到退休年龄的他不幸患上了“高频性耳聋”，给他的职业带来诸多不便。而恰恰在此时，学校又出台了新政策，将他所在的语言学系并入英文系。权衡再三，贝茨认为这是提前退休的好时机，退休后可以继续自己的研究，时间上也更为自由。但他很快便感受到退休生活的无趣，开始思念起以前在大学里按部就班的生活。基本上沦为“家庭主夫”的贝茨教授与正处于职业上升期的妻子逐渐产生了隔阂，再加上贝茨的耳聋给生活带来的不便，他的生活逐渐蒙上了一层悲剧色彩。洛奇在小说中写道：“失聪是喜剧，失明才是悲剧。”恰恰是在耳聋所营造出的喜剧情境之中，作者透露出人生无常的悲剧色彩，表达出丰富的伦理内涵和人文主义倾向。刘灿璨认为，“小说中采用的 U 型叙事结构和小说中贝茨最终与生活达成的和解都表现了洛奇对现代生活中人们精神困境的人文关怀，也表现出洛奇希望宗教能安抚现代社会人们的生活焦虑。同时，洛奇在这部小说中也给予那些深受类似中年危机问题困扰的人们找到解决办法的启发。”（刘灿璨，2013：8）洛奇认为，人文关怀是缓解后现代焦虑的主要途径，亦是解决中年危机问题的核心方法。洛奇借此表达了对精神救赎的渴求，而叙事过程中所蕴含的死亡意识也加深了文本的内涵，体现出作者对人生意义的深入思考。

除了以上提到的诸多小说作品，洛奇在文学批评领域也是著作等身。1966年，他发表了第一部文学评论著作《小说的语言》。同年，关于格雷厄姆的评论文集《格雷厄姆·格林》面世。1971年，洛奇出版了《十字路口的小说家》和《伊夫林·沃》。1972年，他写成并发表《二十世纪文学评论》。1977年，《现代写作模式》和《与结构主义共事》出版。1986年，《继续写作》付梓。1992年，他发表了论文集《巴赫金之后》。2005年，《亨利·詹姆斯年鉴》出版。2015年，洛奇又出版了他的自传性著作《生逢其时》，详细记述了他的家庭出身和早年经历对他创作的影响。2017年，他的第二部自传性著作 *Writer's Luck* 出版，记叙了他后三十年的文学生涯。洛奇的这些评论性和论述性作品，始终贯穿后现代人文主义思想，彰显了作者对人文主义的思考和探讨。

二、国内外研究概述

戴维·洛奇的学术生涯和个人经历与当代英国文学的发展息息相关，他的作品真实记录了战后英国社会和文学界精神风貌的变化。经研究发现，洛奇的作品有一个显著特点：善于运用喜剧手法对严肃主题进行探讨，所采取的主要方式便是在文本中广泛使用反讽叙事，突出言语和表象、内容和形式之间的间离性。洛奇借助这种叙事手法，将校园小说与宗教小说、文学创作和文学评论、传统与创新结合在一起，在主体间的互动交流中彰显了强烈的自我意识，在普遍有效的价值承诺和特殊身份意识的张力中确立自我归属感和方向感。

国外对洛奇的研究主要分为叙事学研究、主题研究、宗教/天主教研究、语义学研究和“英国性”研究，其中占据主导地位的是关于作者喜剧手法的探究。虽然洛奇的小说在表意层面上被赋予了喜剧特色，但是喜剧并不是叙事的终极目的，而是赋予文本审美性和道德性的策略。Bergonzi 指出，洛奇使用喜剧手法的目的，是为了不使文本中关于天主教的话题显得生涩和无趣，以此吸引非天主教读者的注意和兴趣。Bruce Martin 提到，洛奇使用喜剧手法将个人经历转化成叙事策略，在这个过程中，视角起到了非常重要的作用，它对文本中的同类元素进行整合，并邀请读者参与意义解读的过程，形成了具有对话性和影响力的叙事原则。上述研究均聚焦于洛奇小说的喜剧性叙事策略，认为喜剧手法增加了文本的可读性，推动了读者与作者的对话，延伸了小说文本叙事话语的对话性。

国内对洛奇的研究聚焦在对戴维·洛奇天主教小说以及校园小说的写作模式和叙事手法的研究。苏晖对《小世界》中的典故反讽进行梳理，对小说情节构建中的用典进行考察，认为典故反讽赋予作品复调的主题和狂欢的色彩。李增运用巴赫金的狂欢化理论对戴维·洛奇的《小世界》进行分析，认为狂欢化的反讽通过戏仿、对话和对位得以实现。张辉对洛奇“校园三部曲”中的人物反讽、情境反讽和典故反讽进行阐释，认为作者借助反讽对人文精神的失落和自我解构的泛化进行了批判。上述研究中已有对洛奇小说文本的反讽性研究，注意到反讽、喜剧与道德性的关系，但是却忽略了一个重要的问题：洛奇通过反讽叙事探讨批判社会现实的终极意义是什么？反讽叙事不仅仅是文本建构的方法，亦是作者在文本中展示道德判断和价值导向的主要方式。洛奇小说中的反讽叙事消解了后现代危机引发的精神焦虑和忧惧，作者的自我意识使洛奇对宗教的式微和伦理的移位有了反思和批判的冲动，但洛奇的批判并不是直接的、激烈的，他借助文本的虚构性来实现他的反抗，打破了以往“非此即彼”或“非黑即白”的二元对立，在混乱无序的文化语境和伦理困境中，揭示潜藏的精神救赎和文化身份认同的可能。这种“非暴力不合作”的抵抗形式因其表里不一的张力使洛奇的小说具有更强的批判性和颠覆性。但是，破坏性并不是反讽的最终归宿，应辅之以作者的价值导向。以文化身份为导向对戴维·洛奇小说文本中的反讽叙事进行研究，有助于我们挖掘背后隐含的作者的思想内涵，厘清作者借助反讽叙事实现文化身份塑形的过程，深刻把握洛奇的创作动向。本书着重分析作者在文本中展示出反讽的五种悖逆形态：言语反讽、情境反讽、人物反讽、文体反讽和伦理中的反讽叙事，认为作者借助反讽叙事手法展现出后现代英国社会中个体的焦虑以及作者确立文化身份的努力。

三、戴维·洛奇与现代--后现代的文化关联

1. 社会文化背景

第二次世界大战后的英国社会经历了一系列政治、经济、科技和文化上的变化。大英帝国的辉煌不复存在，取而代之的是一个面临着诸多社会问题的国家。取得战争胜利的英国人民在经历了短暂的欢欣之后，很快被失落和忧郁所笼罩。战后的英国很难重拾以往的繁华，怀旧的情绪逐渐弥漫开来。以往的辉煌虽不可能再被复制，但社会中仍有人希冀英国能够再度复兴，恢复其国际大国的地位。这种观念引发了社会意识的不均衡性，全社会范围的失序感不可避免地影响到英国的文化界。战后很长一段时间内，英国文化界中出现了两种声音，一种受到失败主义的影响，具有很强的怀旧情结，在对“昔日美好时光”的怀念中滋生出强烈的悲观情绪；第二种则恰恰相反，认为英国的崛起是必然的，具有很强的野心。受这些思潮的影响，战后初期的英国小说出现了多元化的杂语性特征，开始关注战后英国社会和个人心理所发生的变化，与之紧密关联的是福利国家政策和巴特勒教育法的出现。

1.1 福利国家

“福利国家”理论产生于第二次世界大战时期的欧洲，被视为资本主义发展过程中，为维护和改良资本主义制度而提出的一种理论。资产阶级改良派认为，资本主义制度具有社会合理性，但是在发展的过程中，不可避免地会遇到一些社会问题，如贫富差距、收入分配等。然而，这些问题并不是资产阶级在资本原始积累过程中压迫工人阶级而造成的，它们属于社会管理不完善的产物。因此，政府应当通过社会改革解决这些社会问题，提高大众的福利待遇以解决社会矛盾。在战后最初的一段时间内，为了恢复国力，增加国民信心，英国政府开始践行“福利国家”政策。梅尔逊认为，福利国家的主要特征是“在生产领域内，充分发挥市场在资源配置中的作用，从而确保效率居于优先地位；在分配领域内，则将生产出的劳动成果按照各种原则民主分配，

即以平等为优先目标”（转引自尹琼，2014：163），强调市场在经济发展中的重要地位以及分配的平等和民主，目的是为了维护战后社会的经济稳定，从而实现社会心理的稳定，属于一种战后社会保障计划。1941 年，经济学家贝弗里奇根据调研成果，完成了《贝弗里奇报告——社会保险和相关服务》（以下简称《贝弗里奇报告》），描绘英国战后福利国家的蓝图。其核心内容是通过广泛提供国民福利和普及国民保险，提高国民的整体生活水平，从而推动社会的进步和经济的发展。《贝弗里奇报告》将社会福利作为一项社会责任确定下来，为相关政策法规的制定打下基础。以此报告为基础，当时的执政党工党政府先后出台了一系列保障国民生活、福利和保险的法案，涉及国民生活的诸多方面。1948 年，政府宣布英国已经建成福利国家。“福利国家在英国的建立意味着全体国民终身的基本生活保障责任与政府有关，社会保障已不仅被视为国家对国民的责任，更是成为全体人民的福利。”（尹琼，2014：163）福利国家建立的初衷，是为了缓解当时日益突出的社会矛盾，维护国家政权的稳定。在战后相当长的一段时间内，福利国家的政策取得了明显的社会效益。作为一种国民收入再分配的手段，它缩小了当时的贫富差距，消解了赤贫现象。但这种政策的负面影响很快展露出来，由企业国有化带来的机构繁冗、效率低下等问题在 20 世纪 50 年代开始凸显，造成企业大规模亏损。同时，福利政策也导致福利支出逐年增加，给国家财政造成很大的负担，为社会带来了更多不稳定因素。对于经历战后重建的洛奇而言，这一时期的社会状况是他早期创作的主要关注点，福利国家政策引发的社会问题是其叙事的主要背景，凸显了当时的社会文化语境对大众心理重塑的影响。

1.2 《巴特勒教育法》和《罗宾斯报告》

《巴特勒教育法》又称为《1944 年教育法》。为恢复受“二战”影响的英国教育体系，教育大臣巴特勒在 1944 年提出了教育法案，给战后英国教育制度的恢复和重建奠定了法律基础。该法案对英国的幼儿园、小学、中学和大学教育进行了明确的划分，确立了教育平等制度。“二战”以前，英国等级森严，阶级差别对教育的影响十分明显。上层社会人士的子女可以进入公学，而平民子弟只能进很差的学校。《巴特勒教育法》明确了义务教育法案，也为年轻的贫寒学子提供了平等接受高等教育的机会。这一举措打破了以往的阶级壁垒，迅速提高了国民的受教育水平，为当时急需人才的英国社会提供了大量的人才后备力量。然而，这一举措也带来一定的社会问题，接受了高等教育的大众子弟没能获得期许已久的社会地位，产生了不满情绪，直接导致了“愤怒的青年”作家群的产生。1963 年，英国政府发布了《罗宾斯报告》，认为英国应当重视工程技术教育，以社会生产为导向规划高等教育。这在很大程度上推进了英国的现代工业化，但限制了文科的发展，导致文科经费的缩减和人员的裁减。在从业生涯中，戴维·洛奇就经历了 1963 年《罗宾斯报告》对文科教育的冲击，他以此为背景，创作了《美好的工作》，再现了在重视工业技术的时代，工业和文学之间的冲突和对话。

2. 宗教背景

2.1 天主教社会训导

戴维·洛奇是当代英国著名的“摇篮教友”作家，他的小说文本均或多或少地掺入宗教元素，如要研究洛奇作品，其中的宗教元素是不可避开的重要话题。为深入分析洛奇作品中的反讽叙事和文化身份的关系，我们有必要对当代英国社会中天主教的地位和作用进行简述。在英国传统文化中，天主教一直占据着主导地位。17 世纪英国开始宗教改革之后，天主教的势力日益减弱，取而代之成为英国国教的是安立甘宗。其间，天主教的基本教义一直没有发生太大的改变。天主教认为平信徒不能直接和天主基督发生关联，如果他们希望自己的祈祷能被天主听到，必须以教会为媒介，这一教义确定了教会对平信徒的绝对领导权和训导权。社会训导是教会对平信徒世俗生活和精神生活进行约束和指导的唯一标准，是“罗马天主教会从信仰的立场阐述的有关社会事务和问题的分析和看法”（王美秀，2006：107）。从本质上讲，社会训导具有一定的社会伦理意义，强化了教会的绝对权威。因此，当平信徒在信仰或精神上遇到问题时，他们往往会向教会寻求解决的方法，而教会进行指导的依据便是天主教社会训导。《天主教教理》明确了教会的训导权：“正确地解释书写的或传授的天主圣言的职务，只委托给教会内的训导当局，即与伯多禄的继承者——罗马教宗共融的助教们，他们以基督的名义行使这权力。”（转引自周兰兰，2012：37）以此为基础，教会强调训导权是天主赋予给教会当局的，是以天主真言为指导的。换言之，天主教社会训导是天主意愿的直接表达，教会的职责在于宣扬天主的教义，并以圣言为导向指导天主教徒的日常生活。不可否认，天主教教会所奉行的社会训导具有一定的积极意义，它涉及教徒生活的诸多方面，从精神层面起到了引领作用，在很大程度上推动了社会道德的进步，使社会更具有凝聚力。它关注社会问题，并针对社会中的不公正作出回应。但是，随着社会的进步和科技的发展，社会中出现了诸多天主教训导所无法涉及也无法解释的问题。由于天主教提供的解决方案大多是纲领性的，因此，在宗教范围内仅靠教会的训导难以统一教徒们的思想，社会训导的落实和推广也遭遇瓶颈。然而，天主教官方仍然坚持认为天主教信仰是永恒不变的，这使得天主教必然有被边缘化的危险。McSweeney 指出，“曾经平和的、属于中世纪的、带着胜利姿态的天主教会在世俗社会中显得专横跋扈，备受轻视，与世俗社会处于敌对状态”（McSweeney，1980：86）。天主教会的感召力日益减弱，如果它想继续在世俗世界产生影响，内部改革将是唯一的方式。Davie 认为，“教会已意识到周围所发生的变化，因此他们在寻求改变自身并融入正在变化的社会的方法。如果教会能够摆脱它过去的形象，将自身和它所要传达的信息变得现代化，符合时宜，那么，一切都会好起来的。当然，最重要的是与世俗社会变得密切相关”（Davie，1994：33）。换言之，如果天主教会希望被公众再次接纳，那么，它就要消除教会和世俗之间的隔阂，切实关注世俗社会的现实问题，放眼现世和未来，在教会和现世间建立“相关性”。戴维·洛奇在他的诸多小说中均表达了对坚守过去的天主教社会训导的不满和抗议，在一定程度上，他认为社会训导直接导致了宗教和世俗之间的冲突和矛盾，剥夺了个人的选择权，将教会的意志强加给平信徒，对教徒的行为规范加以限制而不是疏导。在洛奇的虚构小说文本中，他运用戏仿、文本拼贴等方式，对天主教社会训导进行反讽，认为在充斥着多元文化元素的后现代社会，对社会训导的坚守极易引发教徒的不满情绪，直接影响他们的信仰观。在他的早期小说《看电影的人》中，洛奇就运用反讽叙事的手法严厉批判某些不合时宜的天主教社会训导。

2.2 梵蒂冈第二次大公会议

洛奇的早期和中期作品多以梵蒂冈第二次大公会议（以下简称为“梵二会议”）为背景，展现了天主教改革过程中平信徒生活所发生的变化。1962年10月11日至1965年12月8日，罗马天主教召开了“梵二会议”。教皇若望二十三世认为，当代天主教面临着前所未有的困境。对教皇权威的绝对强调导致了官僚体系，教廷成为中央教会的权力机构，这种运作模式决定了教皇权威的绝对性。然而，如果过于强调其权威的不可侵犯性，就容易陷入官僚主义和集权主义的泥淖。在多元文化交汇的后现代社会，单方面强调教皇中心主义极易导致信仰危机：

> 尤其是二十世纪，人们对教会的概念有了新的理解，认为教会乃“天主的子民”。这样理解更体现了教会的横向关系模式，而非纵向关系。教会乃“天主的子民”意味着整个教会都是天主的子民：一个有着众兄弟姐妹的天主大家庭。有了这一横向理解，发展中的世界就变得越来越重要，该理解强调民主和参与。但是，特别是世界各地蓬勃发展的天主教运动……平信徒男女们被当成主教们的顺从而慷慨的雇员。然而，在圣统制之外，人们谈论更多的是，圣神赐予所有受洗者白白的恩赐，没有任何等级之分。不是只有圣职人员被视为教会，而是所有的子民都是教会……因此出现了一些新的词汇，例如神恩、参与、伙伴、对话、合作、友谊等。在梵二会议的文献中，随处可见这些词汇。这些词汇在现代教会语言中也自然会找到自己合适的位置。（丹尼尔斯枢机，2013：8）

这次会议最重要的两点，一是在于打破了基督中心主义，将世俗社会的个人、平信徒和教会中的各级神职人员均视为“上帝的子民”，二是在弥撒中使用本地语言，而不再统一使用拉丁语，同时对教会的言语进行调整。这两项议题均推进了天主教的世俗化进程，通过将“对话”引入以往只有一种声音的天主教界，使得社会训导的单一性和唯一性地位受到了挑战。它不再是唯一的行为规范，而是具有建议性的媒介物，扩大了天主教的精神领域。换言之，天主教会“不再认为基督只与领洗入教的信徒结合，而是和全人类，和每一个人都结合在一起，让教会向所有的人‘开放’”（傅乐安，1996：32）。此举将众多非信众也纳入了宗教世界观中，赋予教会开放性和对话性特征，将原先以基督为核心的宗教关怀上升到以全人类为核心的广普性人文关怀。以此为契机，若望二十三世提出，这次会议的目标是宣扬天主基督的教义，整顿教会，改革纪律，联合各派的基督教会，促进天主教会和其他教派的对话，关注世俗事务，在世俗世界中重新确立天主教会的地位和作用。同时，“通过神学论证的手段来证明罗马天主教对教会进行革新，向全世界开放，同全世界对话，以及与现实世界沟通的做法，是符合上帝的创世和救赎的‘大计划’的，是符合天主教会的使命的，是有其信仰上的依据的”（傅乐安，1996：28–29）。由上可以看出，虽然教会秉承“开放性”和“对话性”的终极目的仍是为天主教服务，意图恢复天主教会在世俗世界的作用力，联合各教派并推行平等对话，扩大天主教会的精神影响，但也促进了天主教内部和世俗世界的交流。然而，具有破旧立新意义的改革遭到了部分保守主义者的反对，认为此举模糊了宗教和世俗的界限。在此背景下，“梵二会议”又对基督教基本观点进行新解读，提出了“道成肉身”理论，认为耶稣基督为了宣扬上帝的旨意，入世为人，意味着教会亦应“入世”，才能在世俗社会继续发挥作用。由于其中涉及诸多革新性议题，因此“梵二会议”被赋予重要的历史意义：

> 它标志着现代天主教世界自我革新运动的开始。这次革新运动将启蒙时期以来的主流价值观——自由、民主精神首次纳入天主教自身的信仰体系，让一向坚持唯我独“圣”性的罗马天主教会开始积极反思、理解、界定、解释并且实践自身在世俗世界（现代社会）的真实意义与价值，同时也开始积极理解、承认并且接纳别的宗教同样具有的宗教“神圣性”及其相应的“救赎之道”。（吕鲜林，

2008：1）

“梵二会议”首次将“对话”“自由”“民主”等后现代理念融入教会的指导精神。与世俗世界有了交集后，教会关注的重心也不再仅仅是与宗教相关的议题，同时将个体的存在和人性的尊严作为重点。1965 年发布的《论教会在现代世界牧职宪章》第 40 节提到：

> 教会便成为一个“有形可见而又代表精神的团体”，同整个人类共同前进，并和世界共同体验着尘世的命运……教会尤其医治并提高人格尊严，巩固人类社会结构，并将人们日常生活沉浸于高深的意义中。教会深信通过其成员及其整个团体的活动，可能非常有助于人类大家庭及其历史的改造，使之更为适合人性。（转引自王美秀，2006：88）

天主教会不再只放眼于虚无缥缈的彼岸世界，开始强调尘世生活的重要性，并且意欲对以往的圣经阐释作出调整，使基督精神真正成为世俗世界的精神指导，符合人性。这一转变是教会“入世”的开端，也宣告天主教世俗化的开始。虽然“梵二会议”的诸多议题引发了改革派和保守派间的争论，但是世俗化的进程是不可阻挡的。戴维·洛奇的小说《看电影的人》《你能走多远》和《大英博物馆在倒塌》中均以“梵蒂冈第二次大公会议”为社会背景，再现了这一时期天主教界所出现的冲突、机遇和对话。然而，洛奇的侧重点并不是宣传这次大公会议的锐意革新，他在文本中对世俗化的阐释更多地从个体性出发，而非社会性和普适性，着重表现了当时背景下个体所经历的迷惑和焦虑。

从以上文献中可以看出，官方教会所倡导的“世俗化”大多集中在教会的职责和与其他教派的关系上，着眼于教会在世俗世界中的作用，而非平信徒的日常生活。教规对天主教徒世俗生活的限制并未完全放开，其中最有影响力的一点便是关于人工避孕是否合法这个问题。虽然英国在 1967 年通过了《堕胎法》[5]，但是教会始终坚持，不论是基于何种目的，人工避孕和堕胎是不能容忍的。因此，这加大了天主教徒家庭育有不健康孩子的可能[⑥]。“梵二会议”以后，天主教会发布 Humanae Vitae，宣称在人工避孕这个问题上，教会不会作出改变，但没有给年轻的天主教信徒们合理的解释，这引发了平信徒和官方教会间持续不断的争论。在戴维·洛奇小说《你能走多远》和《大英博物馆在倒塌》中，此类话题均有提及，再现了这一时期天主教徒间的多元化讨论以及由此引发的个体焦虑和困惑。

3. 戴维·洛奇创作中的核心问题

3.1 现实主义与现代主义之争——超越本体的回归

现实主义发轫于19世纪30年代的欧洲文学，注重对现实的真实模仿，强调客观真实性。一般来说，传统现实主义小说有三个共同特点。首先，小说故事情节完整，且具有明显的因果关系；第二，小说的核心要素是人物，对人物性格的精确刻画是现实主义小说的重心；第三，强调对客观现实的真实描写。进入20世纪，现实主义融合了多元文化，出现了诸多分支，如批判现实主义、心理现实主义、魔幻现实主义等。现实主义从对外部现实的描写逐渐过渡到对心理现实的描写，侧重于探讨个体在社会中的精神状态和心理变化。在战后的英国文坛，这一时期的现实主义与崛起于20世纪初的现代主义产生了碰撞。现代主义最突出的特色便是反传统，具有先锋文化特色，反对传统的人文道德价值观，多运用意识流、拼贴等让人炫目的新技巧。与现实主义相比，现代主义擅长碎片化叙事，印象、象征等元素被拼贴在同一文本内，通过看似散漫无序的叙事，发掘诸元素间的内在关联性。在一定时期内，现实主义遭到了现代主义的抨击，被视为没有内涵、缺乏价值的叙事手法，没有创新性和实验性。现实主义主导的战后英国小说“总体来说好像有这么一种名声：它远不及其他国家的当代小说有趣，太具本土特色，它已走到尽头。在具有深远意义的变革时代，它不识时务地反对实验，回归早已过时的传统现实主义”（何伟文，2010：36）。战后创作的英国小说对传统的坚守和回归与当时的社会心理密切相关，如前所述，战后的英国人民希冀能够恢复大英帝国的辉煌，重新确立超级大国的地位。因此，怀旧情绪蔓延，并弥漫到社会生活的各个方面。这很好地解释了为什么在现代主义蓬勃发展之时，英国却出现了现实主义回潮。然而，这种回归并不是转向传统现实主义，而是在一个新的哲学框架内，融合了现代主义和后现代文化的诸多因素，具有超越性意义的回归，其目的是鼓励"恢复小说的虚构性角色和再现性角色之间的竞争"（何伟文，2010：38）。

从文化和文学的层面来看，洛奇所处的时代恰逢现实主义与现代主义交替更迭。在《十字路口的小说家》中，他这样写道：

> 可以将当代小说家（主要是指英国小说家）比作是一个站在十字路口的人，他所伫立的那条道路是现实主义小说，即虚构模式和经验模式之间的折中物。20世纪50年代，人们强烈地感觉到，这条道路是英国小说的主干道和中心传统，它从维多利亚时代和爱德华时代一路延伸而来，被现代派实验主义短暂岔开，随后又恢复到正常的轨道上来。（转引自张和龙，2004：110）

这一时期的小说家面临着现实和实验的双重选择。一方面，由于"作者之死""小说之死"等说法的流行，传统现实主义似乎已经没有了存在的理由，具有后现代性的实验小说开始逐渐盛行。洛奇认为，"给小说送葬的这种悼词是'不成熟的'，他重新肯定了对'现实主义小说前途的信心'"（瞿世镜、任一鸣，2008：267）。他深受现实主义文学的影响，认为它仍然具有蓬勃的生命力。另一方面，文学评论家的身份也使得他对现代主义兴致勃勃。然而，如何在现实主义和现代主义之间寻求平衡是戴维·洛奇考虑的重点。他在访谈中曾经提到："我的小说属于传统现实主义小说……我对作为严肃小说载体的传统现实主义失去信心……就我个人而言，我在想象力方面仍然忠于被称为'经典现代派的高级现实主义'。"（转引自张和龙，2004：111）纵观洛奇各时期的作品，不难发现，洛奇的总体手法是写实的，但是在写实过程中融入了诸多现代主义的技巧，如文本拼贴、元小说等技巧，在现实主义中注入了实验的成分。文学评论家和小说家的双重身份使洛奇具有强烈的自我意识，表现在小说创作中的便是在现实主义和现代主义之间寻求中间道路。从小说生存的根本来看，它与社会和语言之间的紧密联系决定了它势必随环境的变化而变化，在现代主义文化蓬勃发展之际，传统现实主义必然受其影响而融入现代主义元素。洛奇指出，“现代主义小说是以隐喻性为主的写作模式，而反现代主义小说（现实主义）是以转喻性为主的写作模式，两股潮流相互交替出现”（欧荣，2008：539）。最近一百年间，英国文学的走向是在现实主义和反现实主义两极间不同程度地来回摆动。“在摆锤一次又一次的往复中，这两种倾向相互渗透、彼此影响，因而使文学作品的主题内容和表现形式不断丰富、深化。”（侯维瑞，1985：6）现代主义对现实主义产生了很大的影响，这种影响并不是将现实主义同化，而是为其注入了更具生命力和活力的元素。洛奇的双重身份使他完全把握了多种小说叙事技巧，他的小说风格不是单纯的现实主义或现代主义，而是融合了传统现实主义和现代主义元素的复调性叙事模式。因此，他的小说通常被视为后现代主义之后对传统的回归，具有现实主义和后现代主义的双重特点。瞿世镜认为，“虽然洛奇校园小说的表层叙事结构接近现实主义的传统模式，但绝不是回归到传统现实主义，而是折中现实主义、现代主义、后现代主义三者的‘后小说’”（转引自丁兆国，2010：256）。洛奇向现实主义的回归不是保守性的，他在创作手法上以传统现实主义为基础，融入实验主义、现代主义和后现代主义的元素，具有很强的杂语性和巨大的包容性。其形式和技巧创新的背后，蕴含着对传统现实主义核心内容的关注，体现出深刻的道德关怀。

综上所述，洛奇的叙事模式以现实主义为基础，融合了很强的后现代性。虽然洛奇采用了现实主义的客观性叙事方式，却掺入了对社会问题的探讨。通过将社会现实荒诞化和喜剧化，洛奇对战后英国社会中的诸多问题予以批判，并运用讽刺幽默的语言，探讨与人性相关的严肃话题。

3.2 大众文化的兴起

“大众文化”是戴维·洛奇小说中的另一个关键词。在后现代语境中，大众文化是“在工业化技术和消费社会语境下，通过大众传媒广泛传播适应社会大众文化趣味的文化范式和类型”（韩大强，2006：111）。在大众文化出现的早期，因其对高雅文化的冲击而遭到了学界的批判，学界认为大众文化所具有的消费性和娱乐性无益于经典的传承，它对“享乐”的强调容易滋生逃避主义，使大众丧失批判意识和判断力。同时，“大众文化打破了围墙，将大众统一到高雅文化的低级形式之中，成为政治统治的一个工具……大众文化标准化、程式化和机械复制的产品，被认为是刻板、琐碎和流水线生产方式的必然产物”（肖建华，2007：9）。大众文化被放置到了高雅文化的对立面上，带来了只强调感性而没有理性的、可以批量生产的文化产品。然而，科技的发展和后现代主义思潮的盛行决定了大众文化的出现不是昙花一现，它逐渐成为后现代主义在文化中的主要表现形态。詹姆逊认为，“后现代主义的一个基本特征，就是高雅文化和大众文化或者说商业文化之间早先存在的界限被取消了”（转引自肖建华，2007：10）。界限的消弭意味着精英中心论的打破，而评论家们之所以对大众文化口诛笔伐，是因为伴随着大众文化而来的是大众民主。以往掌握在精英阶层手中的文化和价值判断标准因大众文化的兴起而受到了威胁。由于大众文化具有很强的消费性，因此，它必将以市场为导向，而非以精英阶层所掌握的标准为导向进行文化生产。法国思想家博德里拉曾这样辩护：“大众文化与其说是将艺术降格为商品世界的符号的再生产，不如说它是一个转折点，即终结了旧的文化形式，并将符号和消费引入自身地位的界定之中。”（转引自肖建华，2007：12）大众文化将具有典型后现代性的元素引入文化中，产出了独特的文化形式，终结了高雅文化中心论，大众文化因此具有了一定的狂欢性和颠覆性。在戴维·洛奇的小说中，大众文化是作为精英文化的对照面而出现的。“校园三部曲”的核心观念便是在大众文化和精英高雅文化间寻求对话和融合的可能。在洛奇的文本视阈中，大众文化可以被理解为普通大众的文化，它兴起于后现代文化之中，与当代大工业和消费文化密切相关，具有消解权力、颠覆精英中心论的作用，也因此具有了反讽特色。

洛奇小说中的大众文化有三个主要特征：世俗性、狂欢性、拼贴性。世俗性指大众文化“面向世俗生活，本质上是一种市民文化，它多以日常生活行为和感觉感触为主要内容，特别追求诉诸感官的娱乐效果”（韩大强，

2006：111），具有消费文化的显著特征。洛奇小说文本中的人物都是生活中的普通人，作者通过对他们日常生活的描写，表现了个体在后现代社会中的精神状态和生存现状。大众文化的狂欢性主要体现在它对精英文化的颠覆上，以此建构具有强烈自觉意识的文化身份。大众文化的开放性决定了它必然具有拼贴性，它通过戏仿和拼贴消解了高雅文化的主导性，使“大众文化在一定程度上实现了文化的大众化和共享化，消解了传统文化的边界和文化规则，使人人参与、享受、消费文化”（韩大强，2006：111）。身处后现代多元文化背景中的洛奇认可大众文化的积极作用，并在文本中促进多元文化的沟通和融合。大众文化在战后英国的兴起赋予了洛奇小说时代性特征，打破了文化精英论的象牙塔，渗入了文化融合的理念，对解决由文化差异而导致的社会现实问题具有一定的指导意义。

【注释】

①“摇篮教友”指一出生便接受了天主教的洗礼，成为天主教徒的人。与之相对的是“皈依教友”，他们通过缔结婚姻关系，皈依天主教会。因“摇篮教友”的信仰均不是自己选择的结果，所以很多人在成长过程中都经历过信仰危机。

② 对话性在此处指的是在创作者自我与人物他者的对话中建立自我意识的过程，同时掺入了作者对伦理问题的思考。

③“平信徒”指基督教中没有圣职的人，又称为“教友”。

④“狂欢化”理论是文学理论家巴赫金通过对中世纪民间诙谐文化的研究而提出的一种诗学理论。所谓的“狂欢化”是指一切狂欢节式的庆贺形式在文学体裁中的转化与渗透。

⑤ 1967 年，英国通过《堕胎法》，规定如果有两名医生均确定继续怀孕会危及孕妇的生命安全或存在此类风险，或确认胎儿出生后有身体或精神上的重度残疾，则可以选择终止妊娠。

⑥ 在戴维·洛奇小说《你能走多远》中，作者塑造了一对因不能避孕而生育了一个患有唐氏综合征婴儿的天主教夫妇，再现了由此带来的生存困境，批判的矛头直指教会。

第三章
反讽叙事的理论渊源及其在戴维·洛奇小说中的表征形式[1]

一、反讽的定义和特征

“反讽”的起源可以追溯至苏格拉底时代。从古希腊一直到16世纪，反讽的主要功能是作为修辞格出现在言语之中的，是诗歌语言的基本原则。自从16世纪“反讽”的概念出现后，其内涵意义鲜有变化，表示“言此而意彼、嘲笑、戏弄”等，被视为为了达到某种目的而进行的与表意相悖的陈述。在《论反讽》一书中，D·C·米克对反讽概念的缘起和发展作了详尽的阐释。他认为，反讽以世界的矛盾本质为基础，体现出反讽者对特定事实爱恨交织的态度。

反讽的概念历经多种思潮和理论的打磨，意义庞杂，指涉繁多。其公认的一点是表象和事实的对照以及由此而产生的叙事张力和对世界矛盾本质的认知，这就决定了作者“必然既是创造性的又是批判性的，既是主观的又是客观的，既是热情洋溢的又是讲求实际的，既是诉诸感情的又是诉诸理智的，既是受下意识的灵感所激发的又是清醒自觉的艺术家；其作品旨在描述世界，然而又具有虚构性”（米克，1992：29）。反讽叙事的作者必须具备反讽意识和自觉意识，他利用小说的虚构性对社会现实进行反讽式观照。作者所运用的反讽叙事手法将主观与客观、自我与他者、真实与虚构并置在同一文本视境之中，通过批判的方式进行重建和创造，彰显文本的内在张力，赋予叙事文本审美性的特征。

反讽的内涵可分文广义和狭义两种。广义的反讽指的是所有“非直接描述”，认为言语表层含义与深层含义间的区分是反讽的基础，这种反讽不一定具有喜剧或嘲讽的含义。狭义的反讽则仅仅指“痛苦和欢乐融为一体”的效果。虽然这两种定义有诸多分歧，但其中共同点在于认可反讽是两种对立因素并置在同一文本中的结果，表示所言与所指的间离。佘向军指出，构成反讽的一种重要因素在于“作者洞察到所表现的对象在内容和形式方面处于着内在的悖立状态”（佘向军，2004：87）。在这种情况下，处于对立两极的二元因素形成对比，从而打破了单一视境的独白陈述模式，生成具有反讽意味的多维视境，在文本中营造出复调式、杂语性效果。新批评派的瑞恰慈认为，“通常互相干扰、冲突、排斥、抵消的方面在诗人手中结合为一个稳定平衡的状态”（转引自佘向军，2004：87），在动态中寻找平衡，进而实现反讽对立因素的并置，是反讽叙事将要在文本中达成的目标。瑞恰慈的论断虽是对诗歌加以分析，但也适用于小说叙事分析。布鲁克斯对反讽下的定义是“承受语境的压力……是一种用修正来确定态度的方法”（转引自赵毅衡，2009：159）。在小说中，反讽的目的在于通过将矛盾的双方或多方并置在同一文本中，引导读者发现隐含的价值导向，并由此确定作者的真实意图。一直以来，反讽被认为是修辞格的一种，但赵毅衡指出，作为修辞格的反讽意义已经超越了修辞本身：

> 其他修辞格基本上都是比喻的各种变体，立足于符号表达对象的异同涵接关系，反讽却是符号对象的排斥冲突；其余修辞格是让对象靠近，且一者可以代替另一者，反讽却是相反相成，两个完全不相容的意义被放在一个表达方式中；其余的修辞格是用各种方式接近一个意义，反讽却是欲擒故纵，欲迎先拒。因此，反讽充满了表达与解释之间的张力，要求一种强有力的“互动式交流”。当其他修辞格“立其诚”以顺畅地表达使表达过程变得简易，反讽以非诚意求取

超越传达的效果使表达过程变得困难。（赵毅衡，2011：2）

与其他修辞格相比，反讽的比喻性相对较弱，它更强调不同符号之间的差异和冲突，而不是突出它们之间的相似之处。反讽将两个或多个完全不相容的符号并置在同一表达之中，通过彰显二者间的不同，凸显作者的真实意图。

新批评派给出了最为宽泛的反讽定义，将任何非直接表达都纳入反讽的意义概念之中，凡是"所言非所指"的陈述，均为反讽性陈述。换言之，只要是表意和内涵之间有间离，那就是反讽性陈述。反讽的意义表达不是通过作者单方面的传达实现的，而是需要读者的参与和互动，在阅读过程中实现意义的生成、衍生。因此，"反讽是思想复杂性的标志，是对简单化的嘲弄，对于发出者和解释者都是如此"（赵毅衡，2011：8）。"反讽是小说中最常见的微观修辞技巧，在叙述情节事件、塑造人物形象、显示作者的情感态度上，具有意婉旨微而又深刻有力、耐人寻味的特点。"（李建军，2001：105）在《现代修辞学》一书中，新批评派的布鲁克斯和沃伦对反讽进行了如下阐释：

表面上看，反讽性陈述讲的是一件事，但实际的意思则大为不同。而对斯维林根来讲，强调反讽的多面性，似乎比单独强调某一方面，更为可取，因为反讽有时是一种用语上的技巧，有时是一种欺骗的行为，有时是一种富有效力的策略，有时又是这样一种情境，在其中，未被命名的"命运"，作为相反力量的"代理人"。（转引自李建军，2001：106）

反讽意义的多维性使文本意义具有了动态性特征，同时将读者引入文本意义构建过程中，使反讽成为具有建构性的文本叙事模式。维柯认为，"只有人进行反思的时候才能出现暗讽，因为暗讽是凭反思造成貌似真理的假道理"（转引自李建军，2001：106）。维柯所提到的"反思"必然是以读者为主体的，需要读者的参与才能够实现反思—揭穿这一动态过程。通过反思揭穿假象，彰显读者的价值判断。

在文学作品中，具备反讽性质的作家同时具有创造性和批判性、主观性和客观性、感性和理性的自我意识，所创作出的作品是对客观世界的真实描述，但同时也掺入了虚构的成分。将反讽特征融入其中，作家能以一种超然的态度对待自己的作品，营造出"兼由作者与叙述者、读者与阅读、风格与风格选择、虚构及其与事实不即不离的状态一起完成的故事讲述"风格（米克，1992：30）。米克对反讽的阐述集中在"矛盾"以及由此衍生的"含混"[②]上，这两种因素直接造成了反讽中事实与表象的间离。哈康·薛瓦利埃认为，真实与虚构间的对照是反讽的基本特征。这与赵毅衡的论述不谋而合，"反讽的基本性质是假相与真实之间的矛盾以及对这矛盾无所知：反讽者是装作无知，口是心非，说的是假相，意思暗指真相"（赵毅衡，2009：157）。总的看来，事实与表象之间的矛盾关系是反讽得以形成的关键因素和首要特征。

反讽的另一主要特征是喜剧元素的渗入。反讽的目的是对叙事对象进行讽刺，具有一定的喜剧成分。虽然"戏谑"的成分在新批评反讽理论中被剔除，但是由其引发的喜剧性仍然是诸多反讽叙事类别作品中必不可少的要点。A·R·汤普森指出：

> 反讽性对照作为反讽，必然使我们感到痛苦，又感到滑稽：在反讽中，情感互相冲突……它既带有感情又带有理性——无论如何，它的文学表现中是如此。要想理解它，人们必须保持超然而冷静的态度；要想觉察它，人们必须为出了偏差的人物或理想而感到痛苦……我们所关心的某人、某事，被残忍地戏弄着；我们观看可笑的事，却被它刺伤了感情。（转引自米克，1992：48）

在反讽中，情感的张力营造出"痛并快乐着"的氛围，其中不可或缺的是喜剧因素的介入。在关乎反讽的所有表达形式中，喜剧因素无处不在，成为反讽固有的特征之一，在笑声中消解心理张力。评论家认为，"含泪的微笑"的反讽性更能够使人印象深刻。这种反讽能够调动读者的主观能动性，将读者的阅读过程扩展为文本意义衍生的途径之一，更能够让读者产生"共情"，从而延长审美阅读的过程。在文本研究中，反讽聚焦于表达与阐释之间的张力，要求“一种强有力的互动式交流”（赵毅衡，2011：2）。反讽叙事的最终指向，是在读者、作者、叙述者、隐含作者和人物之间实现有效的杂语性对话，从而消解文本中的“单一视境”叙事，凸显作者的价值判断及其对读者的精神引导。

反讽具有喜剧性和讽刺性的特征，但是它的讽刺性相对隐蔽，没有激烈的讽刺和嘲弄，而是以一种温和的方式揭露假象。克尔凯郭尔在关于反讽的论述中曾经提到过这一点，反讽的主体是消极自由的：

> 能够给予他内容的现实还不存在，而他却挣脱了既存现实对主体的束缚，可他是消极自由的。作为消极自由的主体，他摇摆不定地飘浮着，因为没有任何东西支撑着他。然而正是这种自由、这种飘浮给予反讽者某种激情，因为他陶醉于无穷无尽的可能性之中。简言之，反讽使主体徜徉在自由的空气中，激发和孕育了主体的无限热情，脱离了现实的种种束缚，使他陶醉于无限的可能性之中。正因反讽有如此的魔力，所以反讽与主体自由如此紧密相连。（转引自张其学，2007：23–24）

反讽作为后现代叙事的特殊手法，具有“非暴力不合作”的特性。它从不激烈地批判或直接地否定，而是“巧妙地摧毁了那些简明的、二元的道德神话——世界绝非泾渭分明。绝对地信奉什么，盲从地抒情或者过火的愤慨常常遮蔽了世界的矛盾交织、暧昧以及多种可能”（南帆，2009：10）。它打破了以往“非此即彼”或“非黑即白”的二元对立，倾其全力将后现代的多重可能展现在视境之中。宗教的式微和伦理的移位，在混乱无序的文化语境和伦理困境中，暗含着各种生机，潜藏着伦理救赎的可能。洛奇在小说中借用反讽的叙事手法，展现了当代英国社会中个体遭遇的伦理问题，揭示出文本中的伦理意蕴。同时，作者隐含的伦理意识与所呈现出的叙事形态之间形成了对话性反讽关系，在情境反讽中赋予了小说深层的伦理意蕴和伦理价值。

在戴维·洛奇的小说中，反讽叙事的审美性主要体现在多种元素悖逆并举而形成的张力之中。互相对立、冲突的元素在反讽视阈中实现了并置和融合，产生出悖逆并举的审美特性。洛奇小说中的悖立状态集中体现在言语层面和情境层面，前者主要是言语表意和内涵间的矛盾，后者则是具体语境下叙述者和人物、隐含作者间的矛盾。矛盾的存在是张力形成的主要因素，赋予作品反讽性的审美特征，推动了读者与作者、叙事者和隐含作者的互动和对话，形成了杂语性、复调性的话语张力系统。

二、反讽叙事对读者的召唤

前文中曾经提到，反讽过程的完成需要读者的主动参与。在创作过程中，作者将自己的修辞目的隐藏在小说文本之中，运用间接引语等方式含蓄表达自己的态度。读者只有透过表象，去伪存真，才能够把握作者的隐含意图。在这一过程中，读者的作用至关重要，反讽的意义也许在于：

> 获得全面而和谐的见解，即表明人们对生活的复杂性或价值观的相对性有新认识，传达比直接陈述更广博、更丰富的意蕴，避免过分的简化、过强的说教，说明人们学会了以展示其潜在破坏性的对立面方式，获知某种见解的正确方法。反讽的功能在于避免作者以过于武断、直接的方式，把自己的态度和观点强加给读者，而以一种曲径通幽、暗香浮动的方式，更为智慧、更有诗意地将作者的态度隐含于曲折的陈述中。（转引自李建军，2001：108）

反讽的功能在于读者通过阅读主动地接受作者的叙事意图，而不再是通过作者的直陈式叙述，被动地接受作者的叙事意图。在这个过程中，读者体验到一种更为丰富的互动式阅读，延长了文本的审美过程。这要求作者在小说中以非直陈式的叙述方式进行创作，其中重要的两点是作者的声音必须在文本中有所体现，以及作者的声音必须是隐含的、非直接的。只有这样，才能构成反讽所要求的对立性，使读者准确地把握作者的隐含意图。因此，具有反讽意识的小说家必然要放弃直陈式的单一模式叙事，而采纳杂语性、多维性的非直陈式修辞叙事。在反讽叙事的小说作品中，由于作者“佯作无知”，叙述者与作者之间必然出现间离状态，叙述者的声音不是作者声音的直接表达。作者的态度被隐藏在叙述者声音之后，由此扩大了文本的多义性和意义的不确定性，生成了文本的召唤功能。在阅读反讽叙事文本的过程中，读者的参与至关重要，是文本意义生成的重要组成部分。读者要能通过与文本、叙述者和隐含作者的互动性对话，发掘隐含的作者意图。在情境反讽中，其中的对立因素“使得叙事文本深层所存在的‘隐含作者、叙述者与叙述接受者’的叙述交流层次，由非反讽性作品的单声道交流方式转化为多声部的话语交织的复杂系统，叙述者与事件的矛盾召唤着理想读者对叙述者提出质疑”（余向军，2004：34）。在这个过程中，读者的主体性得以确立。换言之，读者是文本意义建构的主体，其自觉意识和反思能力是反讽性文本意义被挖掘、传达的重要前提。

反讽的意义和价值不仅仅存在于文本之中，它还与现实密切相关，是作者介入现实问题的途径之一。“克尔凯郭尔曾经提到，反讽本身并非冷眼旁观、不动声色，毫无喜怒爱憎。其意思是说，反讽并非纯粹思辨的东西，与现实无关，相反，它要积极地介入生活，介入现实，反思人的生存境遇，从而对人的现实生活、生存境遇抱着喜怒爱憎的情怀。”（转引自张其学，2007：21）反讽强调通过自我反思对社会的现实问题进行观察和思考，由于反讽消解了确定性和唯一性，因此，通过反讽叙事展现出来的是意义的多维性和多层次性。如前所述，反讽的主要目的是运用喜剧手法对社会问题进行讽刺性的再现，因此，反讽的趋向在本质上是具有批判性和多义性的：

> 反讽是隐含的作者对表层意义的否定从而形成的不可靠的叙述。反讽文本编码的多重性使文本表层的意义与读者对它的经验体认有一种反差，造成了读者阅读期待与文本建构的距离，正是这种意义间距形成了对表层意义的否定。尤为重要的是，反讽制造并保

留了意义裂隙，形成文本各个层面之间、文本外部叙事与内在意蕴之间的差序格局，以使读者认识这个差序格局。反讽的策略很多，最有代表性的反讽策略之一是文本表层的叙述者立场与作者隐在的立场的不一致，通俗地说就是“所言非所指”。（汪正龙，2007：115）

反讽叙事的不可靠性决定了读者必须参与文本意义的生成过程，意义上的“所言非所指”势必要求读者进行主动阐释，而反讽叙事本身的悖逆性也呼唤多重释义。总而言之，反讽性作品需要读者的主动参与，并与作者、叙述者和隐含作者进行多维对话，以彰显作者的真实意图。

三、戴维·洛奇小说中反讽的艺术表现形式

戴维·洛奇小说的反讽性叙事主要体现在使用喜剧手法来表现严肃的主题。其反讽的艺术表现形式主要有言语反讽、情境反讽、文体反讽等。言语反讽是反讽的最基本的表现形式，表现为语言层面上言语和语意的间离以及语句含义的悖反，是在语言层面上所指与所言的分离状态。在小说叙事中：

作者设置一个不可靠的叙述者，这个叙述者冷嘲热讽，着意欺骗，但他表面上所要否定的东西，恰恰就是作者所要肯定和赞美的东西。这就是说，叙述者表面上说了一种意思，而实际上是指另外一种意思。言语反讽在小说中主要通过叙述者和隐含作者、读者的态度对照而产生。（佘向军，2004：126）

言语反讽指涉文本语句的悖逆性，是“所言非所指”的直接表现，其主要目的是强调反讽的修辞性，以彰显语言的多义和含混，从而实现一种能让读者进行主动交流和反思的互动性阅读过程。戴维·洛奇天主教小说中的言语反讽不仅使文本具有了很强的可读性，还有着明确的目的和鲜明的价值导向。它

是营造喜剧性的一种方式，更是作者探讨严肃主题的根本途径。通过反讽叙事，作者在文本中再现了后现代世俗化社会中天主教和世俗文化之间的矛盾和冲突，暗含了对天主教旧式教条的批判和质疑。

洛奇小说中的情境反讽主要体现在文本结构层次的悖逆和对比因素中。表层结构与深层结构间的对立是构成结构反讽的必要因素，“所谓表层结构是指文本中历时性向度的结构关系，由叙述的顺序及其各个单元之间的关系构成；而深层结构则是指文本中共时性向度的结构关系，由内容各个要素在叙述顺序背后的内在关系构成。文本的表层结构与深层结构在直言式叙述中应该是一致的，而在反讽叙述中，这两者则往往是互相悖反的”（佘向军，2004：134）。以戴维·洛奇的《小世界》为例，文本不是单一的历时性叙事，而是以历时为基础，融合了共时性叙事手法，呈现出多维空间层次。

洛奇小说中的文体反讽是达成反讽叙事的重要手段之一。文体反讽指通过展现文体表意与内涵之间的冲突，达成反讽效果。洛奇的文体反讽主要是依靠戏仿来实现的，以彰显文字、结构与主题间的间离。将不同的文体并置在同一文本中，表现出不同文体间的关联性，是小说文体反讽生成和发展的内在动力。

洛奇小说中的一个突出特点，便是广泛使用复调。复调小说与反讽叙事有着密切的关联：

> 有着众多各自独立而不相融合的声音和意识，由具有充分价值的不同声音组成真正的复调——这确实是陀思妥耶夫斯基长篇小说的基本特点。在他的作品里，不是众多性格和命运构成一个统一的客观世界，在作者统一的意识支配下展开；这里恰是众多平等的意识连同他们各自的世界，结合在某个统一的事件之中，而互相间不发生融合。（巴赫金，1998：29）

在复调小说中，小说不再按照作者的统一意识展开情节。作者的声音不再具有统领意义，人物的声音更加多元，因此，作者的意图也更为隐蔽。复调小说中的主人公不再是作者意识的传达者，而是可以直接表现自我意识的主体。小说中的各种声音均具有独立意识和完整的价值观念。复调小说中的多种声音和价值取向之间不断地发生冲突和对话，而作者的真实意图便隐含在其中。在这个过程中，复调小说所具有的内在对话性便构成了叙事声音的悖逆性，从而产生反讽。

除此之外，复调小说的空间并置结构往往是多层次的。在洛奇的小说中，我们往往可以看到作者将貌似无关的事物并置在同一语意空间之中，它们之间的悖逆性张力产生了浓厚的反讽性。另外，复调小说中的杂语性和双声语的出现亦成为反讽叙事的主要构成模式，强调话语的双重指向和语意的含混、多义性：

> 隐匿在他人话语中的第二个声音，在里面同原来的主人公相抵牾，发生了冲突，并且迫使他人话语服务于完全相反的目的。话语成了两种声音争斗的舞台。巴赫金这里所讲的讽拟体就是明显的戏仿式反讽，它是对前文本的戏拟式模仿，在模仿中表达与前文本完全相反的话语，从而构成对前文本的反讽。（佘向军，2004：182-191）

虽然复调与反讽具有密切的关联，但是二者之间的不同也不容忽视。复调强调的是文本中不同声音、不同视角的对话，而反讽强调的则是它们之间的冲突和悖逆。复调小说中作者的统一意识不复存在，取而代之的是不同人物的不同声音间的平等对话和交流，而反讽叙事小说并不否认作者的统一意识，只不过作者的意识相对隐蔽，不是通过直陈式叙事展现出来的，这种隐蔽的作者意识必须通过读者的反思阅读才能得以揭示。

综上所述，戴维·洛奇小说中的反讽叙事的主要表现形式有言语反讽、情境反讽、文体反讽等。作者借助这些手法，喜剧性地再现了现实社会的众生相，用一种温和而不激烈的方式对社会中的问题进行了批判，亦体现出作者对社会问题的思考。

【注释】

① 该章节部分内容发表在《临沂大学学报》2017年第1期论文《论戴维·洛奇天主教小说反讽叙事的悖逆形态》中，有删改。

②*Ambiguity*，又作“多义”，强调词语的多义性以及由此引发的语义含混的状态。

第四章
言语反讽和人物反讽

一、言语反讽

言语反讽是反讽的基本表现形式，表现为语言层面上言语和语意的间离以及语句含义的悖反。言语反讽具有深刻的语言学和语用学意义，由此衍生出大量的言语行为理论。“以约翰·奥斯丁的理论为基础，塞尔将与言语相关的反讽分为四类：阐述性言语反讽、指令性言语反讽、承诺性言语反讽和表达性言语反讽。”（饶丹，2016：149）Haverkate 指出：“对诚意条件的反讽性操作是实施任何反讽性言语行为时所固有的。”（转引自李雪维，2018：74）简言之，当隐含意与表象意之间出现间离，并通过言语得以表述之时，便产生了言语反讽。本章主要分析戴维·洛奇小说中言语反讽的文本表征，认为作者通过表意的分离和讽刺性言语，在文本中实现了言语反讽的效果。作为小说创作的主要技法之一，言语反讽一方面增强了小说的可读性，另一方面表现出作者运用喜剧方式来讨论严肃问题的尝试。以洛奇的《大英博物馆在倒塌》为例，该小说创作于 1964 年，内容涉及罗马天主教节育的教义。在创作过程中，作者认为：

我的英国读者们大多不是天主教徒或基督徒，因此我必须找

> 到一种方式，激发他们关注天主教徒夫妇在同房时受到的种种限制。解决的方法——在我看来，就是以一种喜剧的形式处理这一主题——写一对年轻的天主教徒夫妇，表现他们的种种挫败和焦虑以及他们如何设法调和性欲和宗教信仰，以此展现男性（以及女性）的性欲这一永恒喜剧主题的方方面面。（前言Ⅱ）

作者从世俗的视角反观天主教教规对年轻教徒日常生活的影响，这种非传统天主教小说的外部叙事视角在文本中达到了“陌生”化的间离效果，赋予了文本语言很强的喜剧性和反讽性。同时，洛奇将性欲和宗教信仰作为一组二元对立项，通过描绘二者的冲突和矛盾，从多个视角再现了性欲这一永恒主题的多维特征和文本特征。从一定程度上讲，这种几乎可谓是特立独行的再现方式成为了言语反讽的来源。

在小说中，作者多次向读者解释安全期避孕法的不靠谱之处，再现了天主教教规的不合时宜。洛奇写道：“芭芭拉当时曾去咨询的一位天主教医生给了她一个简单的数学公式来计算安全期——太简单了，以至于克莱尔一岁时多米尼克就出生了。”（BMIFD 3）在天主教教会的严格管控之下，安全期避孕法是唯一被允许的避孕方法。但是这个方法并不安全。此法中的“安全”与其真实属性“不安全”之间的悖反产生了反讽效果，而它的“简单易行”亦讽刺地展现其低效性，反讽的意味呼之欲出。“太简单了”不仅指用来计算的数学公式，也暗含了对安全期避孕的讽刺——它的简单之处并不在于其可操作性和普适性，恰恰相反，这种看上去简单的方法实则是十分低效的，而采纳这一方法的年轻天主教徒不可避免地背负了巨大的生活压力。在这种情势下，芭芭拉和亚当的生活充满了反讽色彩，“他们的性关系也被迫形成可笑的模式：先是三个礼拜耐心地绘制图表，随后几个夜晚疯狂做爱，很快力不从心，而且悬念再起。这就是有名的节律避孕法，符合‘自然法则’”（BMIFD 4）。从世俗的角度来看，婚内的性生活是自由的，夫妻双方对此应有充分的自主权。然而，天主教徒的婚姻却与世俗婚姻相异。由于受到教会“自然法则”的制约，他们无权决定要生几个孩子，他们生活的重心就是生养子女，并且教会他们敬畏上帝。在后现代世俗社会，生活成本的增加使得有着众多子女的天主教家庭承受了巨大的生存压力，但受制于教规，他们不能采用人工避孕的方法，只能用教会唯一允许使用的“节律法”。在这段描写中，作者抓住了“节律法”的核心：耐心—疯狂—悬念，而“节律法”的本意则是强调安全期。在这里，围绕着“节律法”出现了表象和语意的二分法，作者有意为之，目的在于批判和讽刺“节律法”的不合时宜，反讽的意味跃然纸上。

担心妻子再次怀孕的亚当无法静下心来完成学位论文，他虽然每天都去大英博物馆工作，但是不能集中精力继续自己的研究。亚当在翻阅已完成的论文时，发现自己写了很多关于梅利玛许的文字：

> 有一大叠纸写的是埃格伯特·梅利玛许，天主教美文家，与切斯特顿和贝洛克是同时代的人，年纪比他们小些。亚当已经写了整整一章，暂时取名为“神圣的俏皮话”，内容是梅利玛许如何运用悖论和对比支撑他浅显易懂的基督教护教学观点。这完全是一场徒劳。（BMIFD 50–51）

在这段描述中，围绕着“徒劳”一词产生了言语反讽。“这完全是一场徒劳”可以理解为梅利玛许的护教言论和论述方法是徒劳的，也可以理解为亚当关于梅利玛许的论证是徒劳的。精神压力过大的亚当终日担心妻子是否再次怀孕，家里是否会迎来第四个孩子，家庭的开销又该如何维持下去。这些日常琐事占据了亚当绝大部分的思想，以致他无法集中精力完成毕业论文。他自己也觉得无法再继续下去，无论他如何努力尝试，论文终将无疾而终。在潜意识里，他不得不承认，他的论述是不会有结果的，这完全是一场徒劳。

自由间接引语是实现言语反讽的另一种方式，“在客观可靠的叙述描写的反衬下，自由间接引语中的荒唐成分往往显得格外不协调，从而增强了讥讽的效果，通过自由间接引语，叙述被掺杂了一种戏仿的喜剧效果”（转引自刘丹翎，2003）。在《看电影的人》中，洛奇引入了自由间接引语，将戏仿的喜剧效果融入文本之中。这部小说有着精妙的二元结构，代表世俗的电影院和代表天主教的教堂分列二元结构的两极，作者详细描绘了后现代浪潮中电影院和教堂所受到的冲击，以及由此带来的心灵困惑。故事伊始，电影院经理伯克利先生正为惨淡的经营头痛不已，在晚场电影开始前，他"决定为了自己，还是把衣服换上的好……这在毫无生气的、淡漠的社会中是一种毫无希望的挑衅姿态。毫无希望，是因为没有什么能够唤回昔日的荣耀，那时帕拉迪奥就是布瑞克里帝国。那个时代遗留下的一切都消退了"（TP 9）。尽管这段叙述使用的是伯克利先生的视角，但自由间接引语的运用却揭示了作者对他这一行为的反讽式评价。在过去，帕拉迪奥曾是城市繁荣的象征，而如今，他却无力再造辉煌。此段描述传达出作者的隐含意图：伯克利先生试图通过穿着正装吃晚餐来找回以往的光辉岁月的举动是徒劳的。帕拉迪奥昔日的光辉无法在消费社会中再度出现，这是一种毫无希望的企图。人物的愿望和现实的情况之间滋生出了反讽意味。站在电影院门口的伯克利先生无意中看到神甫吉普林正从旁边经过，他痛苦地意识到，"毕竟，他们都是在从事演艺类工作，都在掌管着某种正在衰落的娱乐方式，都在不顾一切地希望多拉一些人进来。他们应该成为同盟军，而不是竞争对手"（TP 128）。将教会的工作性质归于演艺类娱乐这一描述具有很强的反讽性，其反讽因子来源于言语表意和深层意义的间离。不论是在何种文化背景之下，宗教与娱乐之间不会存在以享乐为基础的共同点，而作者刻意为之的目的，并不是其表层意义所展现的那样，要在影院和教堂之间寻求某种同志关系，而是为了彰显二者的不同，进而展现宗教与世俗之间的冲突实则是不可调和的。

《看电影的人》的主人公马克也注意到了影院和教堂之间存在着共同特征，在一部电影的间歇时间，他环顾了周围的观众们，觉得他们"就像是水缸里的鱼一样……窗户之外的世界是他们永远都不会得到的……在一定程度上，这是宗教的替代物——实际上，装饰精巧的阁楼和身材绝妙的妇人比无性的、无色彩的基督教承诺更成功地构建了一个更加让人满意的天堂"（TP 58）。作者的声音借自由间接引语得以表达，反讽源于作者在电影院和教堂之间寻求共同点的尝试，也源于共同点所蕴含的不现实性。从一定程度上看，电影与宗教确有共同之处。它与电影一样，展现在观众面前的是非现实的生活场景，可以让人们体验到现实生活中找寻不到的精神愉悦，正如基督教一样，是一个并不存在于现实之中的理想世界。作者不断地寻求教堂和影院之间的共同点，表面上看是为了拉近二者之间的距离，实则在强调二者之间紧张的关系和不可调和的矛盾，影射了后现代英国社会中天主教和世俗间的冲突。

小说中的言语反讽叙事还体现在作者对神职人员的描述中，通过展示神职人员对世俗文化的疏离，作者对他们的不合时宜进行了嘲弄，隐晦地批判天主教生硬、死板的教条。一个周六的晚上，神甫吉普林打算去帕拉迪奥看《伯纳黛特之歌》。在影院的入口，他发现自己必须“努力使自己适应进入电影院这一他并不熟悉的仪式”（TP 17）。将进入电影院的程序称为“仪式”具有很强的反讽性，表现出宗教对世俗文化的陌生和疏离。洛奇称吉普林在电影院里内心不安，因为此举与他所接受的天主教教育相背离。他一直有一种主动向别人解释的冲动，由此引出了大段的内心独白。在这段独白中，吉普林试图向一位并不在场的听众解释自己为什么会出现在电影院里。这段没有听众的内心独白以一种戏谑的方式展现了吉普林内心所经受的不安。吉普林的内疚源于天主教对世俗娱乐的严厉禁止。他的内心独白融合了人物语言和作者话语，作者通过运用自由间接引语再次强调吉普林去电影院时内心的不安。这段叙事中存在一个隐含的听众，不是别人，正是吉普林内心中的另一个自我。自我的分裂是言语反讽得以达成的基础，作者之所以如此为之，不仅是为了凸显天主教严格的禁令，更是为了体现天主教与世俗文化之间的异质感，对天主教不合时宜的教条进行批判。

戴维·洛奇天主教小说中的言语反讽不仅使文本具有了很强的可读性，还有着明确的目的和鲜明的价值导向。它是营造喜剧性的一种方式，更是作者探讨严肃主题的根本途径。通过反讽叙事，作者再现了后现代世俗化社会中天主教和世俗文化之间的矛盾和冲突，暗含了对天主教旧式教条的批判和质疑。

出版于 1995 年的小说《天堂消息》同样蕴含着丰富的言语反讽。以小说的题目为例，作者在小说的正文之前插入了与主题相关的几段引文，头一段便是："那是人间天堂！难道你不向往？噢，当然！——哈克·惠特尼，《夏威夷旅游指南》"，旅行社印发的夏威夷旅游小册子上也写着"你前往天堂的护照"（PN 73）。这些夸大其词的描述与实际情况之间的差异成为小说言语反讽的基础。在谈到去夏威夷旅游时，旅行团里一位名叫谢尔德雷克的人类学教授就现代旅游发表了如下评论："观光旅游是宗教仪式的替代品，观光旅游就是世俗的朝圣，通过参观高级文化的神龛来聚集神的恩宠。旅游纪念品就是圣物，旅游指南是礼拜辅导"（PN 71），在这种情况下，那些夏威夷的宣传册让他想到，"这些宣传册……上面的照片、题字多多少少都一样。天堂，它当然跟实际情况毫无相似之处"（PN 73）。在这里，作者借人物之口以一种无意识的状态点明了"天堂"的主旨。宣传册上的照片和题字营造出了一个只存在于二维世界的人间天堂，这与现实世界有着一定的差距。在这一点上，旅行与宗教高度契合：宗教借文字之力构建出一个并不存在于现实世界的天堂，正如宣传册构造出的天堂一样。而旅行的目的也与宗教信仰的目的一致，都是为了到达"天堂"般的地方，过着无忧无虑的生活。然而，旅行社所营造出的"天堂"意向总会被现实打破，正如宗教所强调的彼岸世界也终有一天会被世俗参透一样。谢尔德雷克总结道："去度假并非是去娱乐，而是去参加一种迷信活动，旅游业恰好在宗教信仰衰落的时代兴盛起来，这绝不是巧合。它是人们的新的鸦片。"（PN 75）恩格斯曾将宗教比喻做精神鸦片，而洛奇借人物之口直言旅游业亦是鸦片，它与迷信活动十分相似，究其根源是旅行的模式在后现代社会发生了变化，随着交通工具的更新换代，运输速度大大提高，随之兴盛起来的旅游业开始大量消耗地球资源。以夏威夷旅游为例，"反复出现的天堂主题让游客们被洗脑，以为自己真的是到了天堂，尽管这里的现实和传说中的天堂相去甚远"（PN 147）。人们与以前的朝圣者们一样，赶赴一个又一个著名的旅游景点，被旅行社包办的旅行过程也惊人地相似。洛奇借助相似比对，对消费社会中只重形式而忽视内容的行为进行了反讽式批判。旅行模式的一成不变如同宗教活动中很少改变的诸多仪式，若其中没有精神，那么一切都只不过是空洞无味的形式。

小说的主人公伯纳德和父亲到达夏威夷后，听到的第一个夏威夷方言词汇 Aloha，其反讽性源于词汇本身意义的含混。去机场接伯纳德父子的索菲问伯纳德是否知道 Aloha 的意思。伯纳德猜测是指“你好”。索菲回答：“或者是再见的意思，全看你来还是去了，也是我爱你的意思……像个万能字。”（PN 81）当伯纳德暂时告别在夏威夷认识并相恋的女友尤兰德时，他用了“Aloha”一词告别尤兰德，尤兰德笑了，但又有些吃不准地问：“你想让我入乡随俗吗？”（PN 317）伯纳德回答：“你好，再见，我爱你。”（PN 317）在这种场合，包含了诸多不相关联意义的词汇使人无法确定说话者的真实意图，它可能是三种意思中的任何一个。然而，正是这种不确定性赋予了文本喜剧性和言语反讽的特征。同样的语言含混情况也出现在伯纳德入境之时。夏威夷旅行社接待员琳达在迎接伯纳德时，告诉他一会儿会有俗家人欢迎仪式。他忽然感到一阵恐慌，“也许他以往生活中的一些事情被以讹传讹地传到了夏威夷，本地教区的一些头面人物便结队前来欢迎他，抑或羞辱他”（PN 78）。后来伯纳德看到旅行社的文件，才恍然大悟，“原来自己把‘花环’听成‘俗家人’了”[①]（PN 79）。从以上两个例子可以看出，由语义的含混造成的讽刺性和喜剧性的背后隐藏了真实的作者意图：含混源于人物思想意识的不确定性，以及面对新鲜事物的异质感和排斥感。

在小说《小世界》中，作者也运用了言语反讽的表现形式再现主人公伯斯的恋爱之路。在一场晚宴中，他忽然看到一位气质优雅的女性，立刻被她吸引。在为期不长的会议期间，伯斯惊觉自己已经爱上了这位名叫安吉利卡的女学者，并挖空心思想获得她的好感。他一厢情愿的示好在安吉利卡看来不值一提。在去探望姨夫的时候，伯斯无意间获知他的表妹伯纳黛特未婚先孕，对于天主教家庭而言，这是奇耻大辱：“她母亲为这事都愁垮了。自然，我们最担心的还是伯纳黛特会到伦敦某个流产诊所去打掉孩子。天知道，说不定她已经就这样在大罪的重压下死了。”（SW 44）虽然当时的英国法律并未禁止堕胎，但是天主教教义仍然将其列为重罪。这使得伯斯开始担忧，如果安吉利卡不愿意嫁给他，只愿意做情人，那么他就不得不考虑某种意外事件。他“努力地说服了自己，决定去找一家药店”（SW 61）。然而他寻找药店并试图购买“杜雷克斯”的过程充满了喜剧色彩。伯斯先是在迷宫般的地下通道和人行道中迷失了方向，后来终于找到一家无人光顾的药店，却因紧张和羞涩而无法明确表述自己的意图。卖货的女孩子心不在焉地递给他一个大大的纸盒子。他逃出店门，走了很远才打开手里的盒子，“盒皮上面画着一个系着尿布，满脸喜色的胖娃娃，正在吃一种看上去像粥的东西。这产品的商标名称用醒目的大字标出：法雷克斯”（SW 58）。语音的相似产生了含混的效果，也因此产生了喜剧性，从侧面反映出伯斯的困惑和焦虑。作者的态度隐藏在这一反讽性事件背后：天主教会对人工避孕的限制已然对年轻一代天主教徒的生活产生了负面影响。在后现代世俗化社会中，如此的限制并不能真正起到防患于未然的结果。

在《小世界》中隆重出场的还有美国尤福利亚州立大学的教授莫里斯·扎普。他在一次旅行中结识了马克思主义者弗尔维娅，并受邀去她家里过夜。弗尔维娅生活在理论和现实之间，她所信仰的理论与她的生活方式截然相反，在这种强烈的反差和对照中蕴含着丰富的言语反讽。看到她家的豪华别墅和贵族般的生活状态，扎普再也忍不住向弗尔维娅发问：“你是个马克思主义者，却生活得像个百万富翁，你到底是怎样将两者调和起来的？”（SW 146）弗尔维娅听完，作了这样一番阐释：

> 我当然认识到我们生活方式的矛盾，但这正是资产阶级资本主义垂死阶段的矛盾特征，它最终将导致资本主义的崩溃。放弃我们自己一点小小的特权……丝毫也不能加速它的进程，它有自己无情的节奏和步伐，这是由群众运动的压力所决定的，而不是由个人微不足道的行动来决定。根据辩证唯物主义，作为个人，不管我和厄尼斯托是富是穷，都不会改变历史的进程。因此，我们还是富些好，因为我们懂得如何带着某种尊严去扮演这个角色。穷而有尊严，像我们意大利的农民一样，是不易学到的东西，它是与生俱来经过几代人遗传下来的东西。（SW 146）

反讽的张力存在于弗尔维娅的语言和行为的背离之中。作为马克思主义者，她的信仰仅仅停留在理论层面，而她的生活则与信仰没有丝毫的联系。弗尔维娅对自己优裕的生活作了很好的解释，以证明这种生活并没有影响或者动摇她的信仰。虽然她一直声称，从辩证唯物主义的角度看，不论她的生活是否富裕，均不会改变资产阶级终将走向灭亡的命运，但是在这个过程中，她选择了富裕的生活，因为她只知道如何有尊严地去过富人的日子，却不知如何在贫穷中保持尊严。她认为意大利的农民能够“穷而有尊严”，是因为他们遗传自父辈的生存能力。这句话看似是赞扬，是肯定，但是读者不难读出其中隐含的轻视和鄙夷。换言之，弗尔维娅的研究和她笃信的理论只是她生活中的调剂，而不是发自内心的信仰。

《小世界》的言语反讽还体现在作者对“朝圣”和“研讨会”的对比之中。在小说开篇，洛奇提到“学术研讨会有如朝圣”，在这种“朝圣”之路上，必不可少的是专家和教授的主旨发言，其中具有代表性的便是莫里斯·扎普对文本性的阐释。在小说的“序曲”部分，作者写道：

> 现代研讨会酷似中世纪的基督徒朝圣，因为它使参加者可以纵情享受旅行中的各种乐趣，而看起来又似乎在全心致力于自我完善。诚然，它也有一些苦行功课要表演——也许要宣读论文，至少要听别人宣读论文。但是，有了开会这个借口，你便可以到一些新的、有趣的地方旅行；与新的、有趣的人们相会，与他们建立新的、有趣的关系；相互交换流言与隐私；吃饭，饮酒，每夜与他们寻欢作乐；而且这一切结束之后，回家时还会因为参与了严肃认真的事业而声誉大增。（SW 1）

学术研讨会是具有世俗元素的意象，依作者所言，参加研讨会的过程包含诸多娱乐性因素。将学术研讨会归为朝圣般的活动没有赋予研讨会以神圣性，相反却颠覆了常规的思维模式，产生了浓厚的喜剧意味，也对那些借研讨会之名肆意妄为却又毫无建树的人进行了戏谑的嘲讽。

《小世界》中的莫里斯·扎普是一名有着前沿思维的学者。在鲁米治大学举办的会议上，他宣读了一篇名为《文本性有如脱衣舞》的论文，提到自己以往的研究根植于坚信文本阐释的可能性。随着文学理论的发展，他逐渐发现，对文本终极意义的阐释是不可能完成的任务。他曾出版过五本研究简·奥斯丁的书，希望确定小说的含义，“试图证实以往谁都没有恰如其分地理解过它们的含义”（SW 31），并对奥斯丁的作品进行评注，“目的是力求论述得详尽无遗，从每一个可以想到的角度进行考察——历史的、传记的、修辞的、神话的、结构的、精神分析学的、荣格分析心理学的、马克思主义的、存在主义的、基督教的、寓言的、伦理学的、现象学的、原型批评的”（SW 30）。扎普的研究几乎涵盖了当时流行的所有理论视角，希望能够以此终结对奥斯丁文本意义的研究。但是他却发现自己“永远完成不了这项工作。这个计划与其说是空想，还不如说是自拆台脚……之所以不可能完成是因为语言本身的特征。在语言里，意义总是从一个能指转换到另一个能指，绝无可能完全把握它”（SW 30）。无法追寻文本的终极意义，恰恰源于文本的基本组织结构——语言本身的不确定性和语意的含混性。基于此，扎普提到，对文本意义的追寻有如看脱衣舞：“阅读正是如此。企图窥破文本的精髓，一劳永逸地把握它的意义是徒劳的——最终我们找到的只是我们自己，而不是文本本身”（SW 33）。扎普认为，文本的终极意义是无处追寻的，追寻的过程本身就具有明显的内涉性，是为了确立自我指涉而进行的阐释活动。在这种情况下，阅读活动逐渐演变为好奇与欲望的转移活动，“从一个句子到另一个句子，从一个情节到另一个情节，从文本的一个层次到另一个层次。文本在我们面前展示自己，但绝不会自己被把握，我们与其殚精竭虑地想把握它，不如在它的挑逗中寻求愉悦”（SW 33）。

不难想到，如此石破天惊的观点很难被大家接受。会场上反应平平，甚至有人提前退场。在自由讨论时，主持人菲利普·史沃娄问道：“根据你的理论，如果我们完全不可能讨论你实际上说过的东西，而是讨论一些不完整的意义，或者是对你所说的东西进行主观解释，那么我怀着最大的敬意问，我们讨论你的论文还有什么意义？”（SW 34）针对这个尖锐的问题，莫里斯·扎普快活地回答：“没有什么意义。”（SW 34）难以接受这种逻辑的菲利普刨根问底，追问扎普："那么所有这一切的意义究竟是什么？"（SW 34）他之所以对意义如此看重，是因为他认为对文本意义的追寻是十分重要的。对英文系教授而言，挖掘文本阐释的内在意义是否有价值直接决定了他们的研究是否有价值，进而决定了他们是否能够实现学术身份认同。但是扎普给出了一个十分现实的回答："意义嘛，当然是维持文学研究的学术机构。我们通过公开表演某些仪式来保持我们的社会地位，正如话语领域里其他团体的工作者——律师、政治家、记者一样。"（SW 36）扎普认为，进行文学研究和文本阐释的"意义"不在于确立文学研究的价值，而是为了保证学者的工作和地位。从这些描述中不难看出，作者以一种含蓄的方式对功利主义者进行了辛辣的讽刺。

"校园三部曲"的第二部《换位》有着颇为对称的二元对立结构，营造了浓厚的喜剧氛围，为言语反讽打下了良好的结构性基础。在第一章"飞行"的开头部分，作者设置故事背景。1969 年，两位教授英国文学的学者即将互换职位六个月。在他们乘坐飞机飞往对方的学校时，作者描述了他们的行为动作并进行以下评论："他们两人乘的是飞机，一个讨厌，另一个则害怕往窗外看——即便他们往外看，两架飞机也相距太远，肉眼根本看不到对方，在旋转的地球一个静止的点上，他们的相遇任何人也不曾注意到，除了这个二重编年史的记述者。"（CP 1）洛奇接着宣告了自己的在场，他写道："我们从叙述者的特许高度（高于任何喷气飞机），一眼就可以看出那些差异中的一点"（CP 2），呼唤读者与他"共谋"，一起聚焦两位互换职位的教授——莫里斯·扎普和菲利普·史沃娄的不同之处。作者将他们二人间的不同与英美两国的教育体制联系在一起，并对英国学制教育的弊端进行了嘲讽。在描述菲利普·史沃娄时，洛奇写道："菲利普·史沃娄就是由这一体系完完全全以这种方式造就和毁掉的。他爱考试，总是考得很好……后来他常常梦见自己又参加了那种考试，那是些多么幸福的梦啊。"（CP 11）在菲利普眼中，终极考试让他想起来就感到幸福万分，在其他学生眼中，终极考试却并没有这么美好。英国的教育体制充满着激烈的竞争：

> 根据我们的教育制度，学生们有四次像纸牌一样被洗——在中学入学考试、普通教育证书考试、高级普通教育证书考试和高等教育文凭考试中——幸福的是每次都被洗在最上面的人，特别是最后一次。它被称作 Finals，一个很恰当的名称，它暗示在这之后就没有什么大不了的考试了。英国研究生是孤独而可怜的人，他拿不准他将要干什么，也不知道该去讨好谁——你可以在波德雷图书馆和大不列颠博物馆周围的茶店里凭着他呆滞的目光和那种患炮弹休克症的退伍兵一样空荡荡的凝视认出他。（CP 10–11）

菲利普记忆中的分级考试和终极考试是美好的，值得经常回忆的，因为他是每次考试中的优胜者。对于其他人来讲，这过程却并不是那么让人乐在其中。洛奇在这里并举了截然不同的两种观点，目的在于强调作为优等生的菲利普是一个刻板的人，他做事认真，却没有多少创新力："菲利普是个天生喜欢文学的人，所有不同的文体都喜欢。他陶醉于《贝奥武普》，就像陶醉于弗吉尼亚·伍尔芙一样，既喜欢《等待戈多》，也喜欢《格顿老太婆的缝针》。"（CP 12）这段评价的开头貌似是对菲利普的赞扬，然而细读之后却不难发现，作者的本意隐藏在"赞赏"背后：菲利普对文学的喜爱是没有原则的，这也决定了他不可能选定一个自己真正感兴趣的领域进行深入的研究。他对文字的态度是"为了喜欢而喜欢"，却没有方向性和对文学应有的激情，这也导致了他涉猎众多却没有大的建树。他能得到这次去尤福利亚大学交流的机会纯属偶然。当他坐上飞机飞往美国时，兴奋之情溢于言表，因为此次交换之旅对他而言意味着自由和享受。而另一架飞机上的莫里斯·扎普却隐隐约约觉得哪里有些不对。起飞后没多久，他终于发现，除了他，飞机上的乘客都是女性。他想不明白这是不是巧合，邻座的女子一语道破："我猜您是不会需要做流产手术的……你买了整个一揽子服务的票吗？包括来回旅程票、外科手术、五天住单间病房的护理和到埃汶河上的斯特拉幅镇的集体游览。"（CP 26）扎普猛然想起，是他的一个学生将票以极低的价格转给他的。那个女生求他将她的学科成绩从 C 改为 B，却遭到了扎普的拒绝，然后就发生了低价票的事情。扎普想象，女孩以为自己怀孕了，便赶忙定了一个流产专机的位子，但是检查结果显示阴性后，她便想到："扎普教授要去欧洲，我把票卖给他，然后，飞机可能会遭到雷击。这是努力维护学术标准而得到的绝妙奖赏。"（CP 27）在20世纪五六十年代的美国，流产手术是绝对禁止的，但是在英国，情况有所不同。虽然天主教会对人工避孕和流产均持反对态度，并坚持认为堕胎手术是违法的，英国的法律却将"流产"合法化了。这就解释了为什么小说里会出现大批的怀孕女性由美国飞往英国去做手术。洛奇运用反讽的手法对这种情况进行了讽刺。整个手术过程有如观光旅游一般，有一揽子的服务，还包括护理和旅行。这次手术仿佛不是宣告一个无辜的小生命的死亡，而像是在观光之余随意为之的一件小事。作者用戏谑的口吻轻描淡写地叙述着这一事实，但是不难参悟他对这种行为的反感。

二、人物反讽

在小说《美好的工作》中，人物反讽以一种更为直接的方式表现出来。这部小说同样采用了二元对立式结构，通过表现鲁米治大学英国文学女讲师罗宾·彭罗斯和工厂主维克·威尔科克斯之间的冲突关系，作者再现了当代英国社会中文学界与工业界的对立。罗宾和维克原本没有任何交集，是"工业年影子计划"将他们并置到一起。二人初次见面时，维克问起罗宾的专业，于是有了下面这段对话：

> "我的研究范围是十九世纪小说，"罗宾说，"还有妇女研究。"
>
> "妇女研究？"威尔科克斯皱着眉头重复道，"研究些什么？"
>
> "噢，妇女创作。文学作品中的妇女形象。女权主义批评理论。"
>
> ……
>
> "叫我说，是一门软课，"威尔科克斯说，"而且，我认为对女孩子们有好处。"
>
> "男孩子也选它，"罗宾说，"实际上，阅读任务非常重。"

“男孩子？”威尔科克斯撇撇嘴，“娘娘腔的男孩子？”

“完全是正常、正派、聪明的年轻男人，”罗宾竭力控制住自己的情绪。

“那么，他们为什么不学点有用的东西？”

“像机械工程那样的东西？”

“你说对了。”

……

“因为他们对思想、情感比对机器如何运转更感兴趣。”

“不过，不用交税——我是说那些思想、情感，对吗？”

“除了金钱，没有别的标准吗？”

“我不知道还有什么更好的标准。”

“那幸福呢？”

“幸福？”威尔科克斯看上去吃了一惊，第一次失去平衡。（NW 104）

对于工厂主维克而言，他生活的重心始终围绕着工厂、效益、资金等与金钱密切相关的东西。他是一名彻头彻尾的实用主义者，认为只有“有用”的东西才值得学习。而他判断一种事物是否“有用”的标准，便是它是否能够带来经济效益。他不能理解思想和情感在生活中的重要性，认为文学研究是可有可无的专业，不应该受到重视，正常的男孩子更不应该学习这类专业，他们的“正道”是去学习与机械制造等相关的实用性课程。从他的生活经历和立场而言，他有这样的想法无可厚非，但是面对罗宾这位英国文学女讲师，他对文学、思想和情感的否定和无视，实则是对罗宾的轻蔑：如果一个人赖以生存的职业和信仰都是不值一提的，那他（她）就是没有价值的。虽然作者在这里尽客观的描述再现二人间的对话，但是不难看出，洛奇对以维克为代表的、重理轻文的工业界人士是有微词的，并用喜剧性反讽方式再现了二者间的冲突。金钱不是衡量一切的标准，也不是获得幸福的唯一渠道。在“影子计划”实施期间，罗宾和维克多次谈到类似的话题：

“工厂的制度，它一定引起了很大的仇恨。”

“没有人强迫他们在这儿工作……”

“我说的就是这个意思，这是被压抑者的回敬，是无意识的。”

“哦？是谁说的？”威尔科克斯竖起眉头问道。

“弗洛伊德，他是其中的一个，”罗宾说，“西格蒙德·弗洛伊德，精神分析学说的创始人。”

“我知道你说的是谁，”威尔科克斯言辞激烈地说，“要知道，哪怕我在工厂工作，也不完全是孤陋寡闻的。”（NW 128）

谈话到这里戛然而止。在这段对话中，罗宾对弗洛伊德的简单解释引发了威尔科克斯的强烈不满，他认为罗宾是在嘲笑他一无所知，而罗宾脸红着解释也证明了维克的敏感不是毫无缘由的，只不过她的本意恰巧被维克参透了而已。这段对话的反讽性和喜剧性存在于二人对话的表意背离之中。当谈到死亡本能时，罗宾提到消极主义哲学对死亡和非存在的向往。从哲学的意义层面上讲，“死亡”并非一个具体的意向，或者是针对个体的现象，而是将人的存在作为对象进行的哲学观照。但是维克并不能理解这一点，他简单地认为，罗宾对“死亡本能”的解释正如他每天早上醒来时的感觉，充满着无助和焦虑，“忧虑就像加里玩的电子游戏里的敌方飞船一样向他疾飞而来……Avco价格、洛林公司的购货价格、生铁价格、英镑币值、来自方德拉克斯的竞争……故障频出的吹芯机、精加工车间厕所里的公物破坏、来自公司老板的压力、上月的利润、季度预测、年终总结……”（NW2）无疑，维克将哲学层面的“死亡意象”现实化了。在他的理解中，“存在”的艰难是来源于实际生活的压力，与他工作中碰到的困难密切相关，而不是精神层面的存在。在对话的最后，维克貌似听懂了罗宾的解释，但实则不然。他对理论的曲解让人忍俊不禁：作者运用这种方式对他进行了反讽式的描写，也暗含对他只重实际而不重精神的否定。

《美好的工作》中的人物反讽集中体现在主人公罗宾的男朋友查尔斯身

上。与罗宾一样，查尔斯也是一个学霸级人物，他思维活跃，处事灵活，以一种超然而又折中的态度对待当下流行的一些新兴理论。他与罗宾分居两地，在另外一所大学任职。当罗宾的弟弟巴兹尔来探访罗宾时，他结识了巴兹尔的女朋友戴碧。巴兹尔和戴碧是与他们截然不同的一类人，作为证券工作者，他们每天的工作就是同数字、货币和利率打交道。查尔斯很快被这种完全不同于学院的生活方式所吸引，与戴碧走到了一起。他在给罗宾的信里写道：

> 我跟论文已经没有关系了。我要告诉你的是，我已决定改变我的职业生涯。我将成为一名钱商……我认为自己只不过是从一种符号系统转移到了另一种符号系统，从文学符号到数学符号，从一种高度哲学性的股本到金钱的股本……给那些刚入校的年轻人教后结构主义，是一种反讽……他们识别不出任何有语病的句子，背诵不出任何有节奏感的诗句——而我们却要在他们刚入校的第三周去教他们能指的任意性，这种反讽最终变成了不可忍受的痛苦。（NW 302–305）

查尔斯毅然从萨福克大学辞职，投身于金融行业，并希望能够迅速“发家致富”。得知这一消息的罗宾十分气愤，因为“这封信里有些东西戳到了某个她很不情愿承认的痛处”（NW 306）。罗宾的愤怒不仅仅源于查尔斯对她的背叛，也在于他一针见血地指出了当时文学学科教育的弊端，以及文学研究的实用价值的缺失。离开学术系统的查尔斯在银行里干得不错，罗宾本以为与他再无交集，却在一天早上收到了他的来信。他在信中提到，他已经与戴碧分开：“在银行里辛辛苦苦工作一天后回到家里，你需要来点有文化的交谈，不想再谈什么价位和百分点……最后我作出决定，我得自己找个住处。”（NW 369）最后，查尔斯写道，他希望能够与罗宾复合，并愿意资助她继续自己的学术研究。虽然银行的工作给查尔斯带来了金钱，却并没有给他带来快乐。文化的缺失让他饱受精神上的痛苦，也最终导致了他和戴碧的分手。从表面上看，作者描写的是眼高手低的查尔斯与戴碧的分离，但作者的隐含意在于强调文化的重要性：文化的存在不是没有意义和价值的，它与实用科学技术不同，不会产生直接的效益。但是它的影响是潜移默化的，其效能体现在对心灵的滋养之中。如果没有文化，再多的金钱也不会带来精神上的充实。人之存在的重中之重，全在精神。

小说《天堂消息》中的人物反讽牵涉了文本中的大多数人物。小说伊始，作者将场景设定在英国希斯罗国际机场的旅行社接待处，安排小说中的大多数人物逐一出场。最先出现的是一对年轻夫妇。旅行社的莱斯利从他们的衣着打扮判断他们是一对即将去度蜜月的新婚夫妇，然而他们倍显倦态，对对方冷漠至极，全然没有新婚的快乐和幸福。这位年轻妻子没有因莱斯利发现他们是去度蜜月而感到兴奋，她露出不悦的神色说："这么明显吗？"（PN 8）莱斯利指出："在我的花名册上您是哈维太太，在护照上您叫莱克小姐。这很明显嘛。"（PN 8）哈维太太冷冷地回答："真仔细。"（PN 8）而她的丈夫却一直显得怯生生的，完全没有即将度蜜月的兴奋。在飞机上，这位丈夫沮丧地谈起他们婚礼上的一桩事："（布伦达）在婚礼上多喝了几杯，说漏了嘴，让塞西莉知道去年在办公室搞圣诞聚会时，她和我在仓库里有过一手儿……哈，婚礼上可热闹了！真正的热闹！"（PN 59）这就是他们的蜜月为何看起来如此冷冰冰的根本原因。到达目的地夏威夷之后，哈维太太一直跟丈夫处于冷战状态。哈维在百无聊赖中发现了冲浪是一项让他很感兴趣的运动，兴趣点的忽然转移让塞西莉十分疑惑，情况发生了转折：不再是哈维整日跟在塞西莉的后面渴求她的关注，而是塞西莉悄悄跟踪哈维，希望能发现他到底在做些什么。二人关系的反转具有了浓厚的反讽意味。在跟踪哈维时，塞西莉目睹了丈夫扛着冲浪板和两个小伙子一起下海冲浪："看上去挺傻的。但有一次他冲上了一排大浪，竟在冲浪板上直立了好几秒钟，我能看见他咧着嘴胜利地大笑，然后他失去平衡，栽进水里，溅起很高的水花。就为了那几秒钟，我几乎忘记了他是怎样的一头猪猡。"（PN 224）哈维在写给朋友的明信片上丝毫不掩饰自己对冲浪的热情："亲爱的格雷格：我发现了冲浪！棒极了！"（PN 225）冲浪也促使二人打破冷战局面，在哈维落水后，塞西莉第一个冲上去，给他做人工呼吸："我苏醒后记得的第一件事就是塞西莉伏在我身上，吻我。”（PN 309）这对夫妇的出场、关系的僵持和和解都充满了喜剧性。作者用暗含反讽的词语描写了刚刚步入婚姻的年轻夫妻所遭遇到的精神困境，并用富含喜剧元素的事件促进了二人关系的和解。

小说主人公伯纳德本身就是一个极具反讽情绪的人物。他是一名摇篮教友，一直接受着天主教的教育，曾担任过牧师，并在神学院任教。但是他却发现信仰离他越来越远。他意识到现实社会中充斥着信仰危机，而以上帝的存在为基本信条的天主教义本身就有诸多含混不清的地方。作为一名神职人员，他不敢直言对上帝的怀疑，只能继续充当教众的精神支柱。伯纳德“作为一位对宗教心存怀疑窦的神父，一个在沙发上同女人拥吻的天主教神父，却要为无数教民带去福音，带去神的指示，带去生活的希望，还要继续用这一套自己也对其产生怀疑的宗教理论教授神学院的学生，这两相对照的描写，凸现出深刻的反讽意味”（李斯，2007:34）。在读《末世学评论》时，他读到“他的超然存在，可见于他在爱恋中对自身的绝对忠贞，可见于他施与爱时的永不倦怠，可见于他对各种环境的卓越的适应力，凡有他的关爱存在的地方，他都能适应”（PN 35），对于这样的论断，他充满了怀疑：“真的吗？谁说的？这位神学家说的。那么，除了另外一些神学研究者，谁又关心呢？”（PN 35）“伯纳德常常感觉到，许多当代激进神学派的观点同它们所取代的正统观念一样，都模棱两可，缺乏事实依据。不过谁也没有注意到这一点，因为除了那些饭碗与其传承有利害关系的人，再没有人去读它们了。”（PN 35–36）伯纳德意识到在后现代世俗化社会，天主教日渐式微。宗教的社会性功能已经退化为仅仅用于出生洗礼、结婚、丧葬和社区公益活动。伯纳德认为：

> 对我的教区居民们而言，我像一名旅行社职员，给他们送票、办保险、分发宣传册，担保他们永久的幸福。当我一周又一周站在祭坛上居高临下对他们宣讲这些保证和希望时，我望着他们的面孔，那一张张耐心、信任又微微有些厌倦的面孔，不禁心中暗自揣度，他们是真的相信我所讲的内容，还是仅仅希望我们说的是真的？这时我才意识到，我自己再也不信了，一个字也不信了。但我又不能确

切地指出我是在什么时候从一种状态转变到另外一种状态的。信与不信之间的隔膜竟是如此之薄，距离是如此之近。（PN 172）

虽然伯纳德的信仰在逐渐崩塌，但是长久以来形成的职业习惯却很难一下子去除，二者之间的矛盾和对立充满了反讽意味和喜剧色彩。伯纳德的父亲在刚刚到达夏威夷不久，便在过马路时被车子撞倒。老先生忽然闯到她的车前，开车的女士说："弄得我措手不及，连祈祷都没工夫。"（PN 93）正是"祈祷"两个字提醒了老先生，他马上开始念起《悔悟条例》："我的天主，我真心为我所犯的一切罪过忏悔……"（PN 93）这时，站在一旁的伯纳德忽然犯了职业病："出于条件反射举起右手要做表示赦免的动作，又觉得不对头，举到一半的手改了方向，伸到老人的额头上摸了摸。"（PN 93）这是一段颇具喜剧效果的描述。当忏悔对象由教民变成了自己的父亲时，原本让人感到习以为常的举动被陌生化了，反讽性地表现出这些仪式与世俗情感的间离。父亲受伤入院后，伯纳德前去探望。当他走进病房时，他发现父亲"正从医院神父手中领受圣餐……（神父）身旁的助手是个十岁左右的少年，身穿牛仔裤，脚蹬旅游鞋，脸上挂着一副厌烦的表情……望着他们做我以前做惯了的事情，真是奇怪，看着他们就好像在观看我以前的化身"（PN 149）。伯纳德怀疑的神色没能逃得过神父的眼睛："他用锐利的目光盯我看了一眼，仿佛是一位戎装军官在怀疑一个化了妆的逃兵。"（PN 150）神父的出现让伯纳德想起了自己对信仰的放弃，也对自己曾经的信念再次产生了质疑。这一场景使伯纳德得以从外部视角反观自己曾经的生活，这种二分法成为了反讽的根源。

在20世纪后半叶的英国社会，宗教状况颇为复杂，后世俗化与天主教的融合发展是宗教界的主流。洛奇敏锐地捕捉到了天主教界所发生的变化，并将其表现在文学作品中。那时的神学院已经不止于研究与宗教密切相关的事情，所有能够与宗教扯上关系的流派都在研究范围之内。洛奇在《天堂消息》中写道："为了适应宗教人数日渐减少的局面，并与当代普世教会的精神一致，那些学院向所有的宗教信仰和派别敞开了大门，无论是生是熟，都来者不拒……"（PN 34-35）为了能够改善宗教人数日益减少的局面，践行梵蒂冈第二次大公会议提出的建立普世教会的决议，神学院以前所未有的速度进行扩张，开设了诸多与世俗相关的宗教课程，吸引了众多非宗教人士来院学习。这段描述看似指出教会学院已然进入了世俗化进程，其实有着浓厚的反讽意味：前来学习的学生除了宗教人士外，更多的是将神学院作为庇护所的世俗人士。而学院里所教授的课程，则打上了后现代先锋理论的印记，引入了诸如女性主义研究、管理学研究、文化研究等元素；抑或是将宗教科目强行与世俗元素融合在一起，显得不伦不类，非教非俗。于是，原本应当从事神学研究的学院变成了同世俗世界中的超市一样的组织机构，看似兼收并蓄，实为格格不入。作者的反讽目的在于指出这样一个事实：宗教的世俗化不应流于表面，而应从根本上强调精神的力量，真正关注平信徒的世俗生活。

与其他同行的旅客不同，伯纳德去夏威夷的目的不是观光旅游，而是带父亲去那里探望身患绝症不久于人世的姑妈。伯纳德的父亲年事已高，对长途跋涉、离开故土没有丝毫的热情，一肚子不情愿。当伯纳德告诉父亲姑妈厄休拉希望在离世前能见他一面时，他的反应是："她在那儿定居时早就该料到这么一天了……我跟她有年头儿没通音信了。她肯定是先去那儿度假，喜欢上了那儿的气候，就决定留下来不走了……现在她吃着苦头了吧。"（PN 43）伯纳德的父亲沃尔什先生认为厄休拉在早年贪图享乐，抛弃家庭和宗教信仰[②]跑去美国嫁给了一位离过婚的大兵，就应该料到总有一天她还需要亲人的陪伴。因此，他并不把厄休拉的请求放在心上。在伯纳德的一再劝说下，他才答应去夏威夷看望他久未谋面的妹妹。但是在去往夏威夷的路上，沃尔什先生却犯了小孩子脾气，整出很多乱子，也闹出了不少笑话。先是在机场过安检的时候，他身上的什么东西引发了金属探测警报器，"那位安保人员用双手迅速熟练地摸索老人的身体，摸索他的腋下和两腿内侧。老人跟稻草人一样双臂平伸，哆哆嗦嗦地躲避着那双搜索的手"（PN 16）。安保人员无奈地问："老先生，您是不是碰巧脑袋里有块金属片儿？"（PN 17）这让沃尔什先生恼羞成怒。最后发现是他带的圣像引发了警报。但是他拒绝摘下来。好不容易过了安检，伯纳德忽然发现父亲不见了。同行的一个小女孩告诉他老先生往免税店方向去了。为了让父亲乖乖地跟他回去候机，伯纳德给父亲买了一包烟和一瓶酒，“就像大人买点糖果给小孩子，好哄他别吵别闹”（PN 19）。这两样东西却在办理登机手续时被遗忘在座位下面。上了飞机以后，原本对飞行十分抵触的老先生却忽然兴致盎然：“这样旅行还真不赖。要是早知道这么容易，老早以前我就坐飞机了，你像福老爷一样舒舒坦坦坐在这儿，有人忙前忙后伺候你，漂亮小姑娘端盘子把饭给你送到眼前，一路上还有免费酒喝——那酒比飞轮快餐给的还多。”（PN 50）不仅如此，这位孩子气大发的老人一路上不停地和邻座讲着笑话，偶尔还高歌一曲。吃饭时，他捡起邻座吃剩的奶酪饼干等，统统装进自己的口袋。老父亲的种种行为举止从侧面表现出他内心的矛盾，借由作者的叙事手法，产生了反讽的文本效果。伯纳德不胜其烦，回想起父亲惹的一连串麻烦，他开始怀疑此次出行是不是一个错误：

> 自从他们在希思罗机场登机以来，老头儿就没完没了地出乱子，招人嫌。他先是在飞机舷梯前制造了一场阻塞，临登机前一刻他忽然害怕起来，执拗地抓着舷梯尽头的扶手，就是不肯上飞机。他儿子和航空公司的几个职员在旁边又是好言诱哄，又是严词恐吓，好说歹说才劝他上了飞机……当飞机轰鸣着在跑道上滑行时，他双目紧闭，双手死死地抓住座椅扶手，指关节都攥得发白了，口里一遍又一遍地急速念叨“耶稣玛丽约瑟夫”。飞机升高后，起落架“砰”地一声收起，他又尖叫道：“圣母啊，炸弹爆炸了吗？”（PN 52-53）

沃尔什先生的种种行为都充满了孩子气，这种性格和他年龄上的反差使这个人物富有张力，充满了喜剧色彩，作者的反讽意图也表现得更为明显。从一开始的不愿意出行，到后来在飞机场里不停地制造麻烦，再到飞机上的口若悬河滔滔不绝，这看似矛盾的个性融合在同一人物身上，赋予了人物很强的反讽性。

综上所述，在戴维·洛奇的天主教小说和校园小说中，言语反讽和人物反讽是作者惯用的创作手法，这不仅增强了小说情节的喜剧性，更以一种隐晦的方式彰显了作者对当时诸多社会问题的批判意识。人物反讽与语言反讽相伴相生，通过表述特定人物在特定语境下的言语特征，作者在语言的表意和隐含意之间加入了具有悖逆性的元素，营造出含有反讽意蕴的文本空间。

【注释】

①“俗家人”为 *lay*，花环为 *lei*，发音相似。

② 厄休拉的家庭信仰天主教。天主教不允许离婚，也不允许教徒与离过婚的人结婚。

第五章
情境反讽

与言语反讽不同，情境反讽更强调整体性，着眼于文体中叙事结构和情节构建之间的内在张力，强调“人物所处环境中的反讽”（李冬梅，1999：86）。因此，情境反讽是“由非语言因素造成的”（同上），突出了环境对人物及其行为的影响。同时，“反讽对小说情节结构的安置往往能够起到十分重要的作用，使小说的情节结构呈现出对称、平行、逆转等特点”（黄擎，2003:114）。这些特点反过来又为反讽的出现提供了文本环境。在戴维·洛奇的小说中，情境反讽是达成反讽叙事的重要手段之一，主要表现在情节的逆转性和文本结构的对称性之中。本章将对洛奇的天主教小说和校园小说中的情境反讽进行分类研究，探讨作者的情节设计如何体现情境反讽的显著特征。

一、天主教小说中的情境反讽

洛奇早期的天主教小说《看电影的人》中的克莱尔和马克的逆转性关系具有情景反讽的典型特征。马克与房东家女儿克莱尔交好。虔诚的天主教徒克莱尔经常向上帝祈祷，并带着马克参加弥撒和布道会，希望能够让马克回归教会，只有这样，她才能够拥有自己所期望的天主教婚姻。而马克却经常带着克莱尔去看电影，之后还向克莱尔说教，希望她能够意识到，自己的信仰仅仅是为了遵从一种习惯而已。与其如此，不如放眼世界，回归世俗。二人之间可谓是明争暗斗，都希望把对方拉入自己的阵营。但是在小说结尾，马克在参加一次朝圣游行之后，忽然对天主教萌发了兴趣。他认为，千百年来，让如此多的人心向往之、趋之若鹜的朝圣和宗教仪式必然有可取之处。他由此有了谋求天主教教职的想法。而克莱尔也意识到，天主教教义主导下的生活过于按部就班，“她想象着那些女人对枯燥的、无爱的婚姻的感受：尝试着，却无法逃脱，乱糟糟地充斥着显而易见的、毫无意义的日常琐事”（TP 146）。她希望能够去追寻更为多元化的生活。二人的关系发生了跷跷板式的转变，“马克应该对她的转变负有绝大部分的责任，但是这并没能让他离她更近一些。就像跷跷板一样，她的一端降了下来，却将他送入了宗教的云端”（TP 146）。克莱尔指出：

> 你好像并没有意识到你对我是有一定责任的，你欠我一种忠诚。从你第一次带我去电影院起，你就开始改变我，按你的样子来塑造我，使我像你。现在我像你了，你却变得和以前的我十分相像。就像是跷跷板一样：一方上去了，另一方就下来了。（TP 202）

在小说结尾，马克和克莱尔的思想都发生了逆转性转变。但这一转变并没有修复二人的关系，反倒成为了他们分手的直接诱因。这一转变成为了情境反讽得以产生的基础。在这种反讽中，作者对天主教的看法显而易见：解决当代天主教困境的关键，并不在于宗教与世俗间的相互转化。已被边缘化的天主教应当将世俗人文主义的思想纳入其中，接纳具有开放性的当代元素，在后现代社会继续发挥其社会动能。

除了情节逆转，在小说《大英博物馆在倒塌》中，亚当的白日梦，以及他和朋友们玩的“当我们掌权时”的游戏与他们现实生活之间的间离均体现出情境反讽的特点。终日生活在压力之下的亚当希望能够在白日梦的想象中暂时逃避现实。他的白日梦内容庞杂无序，包括为火星人编写百科全书时给出关于“罗马天主教”的一个定义、他身穿睡衣打破了八百米跑步记录、即将获得一万美元的奖金、士兵步调一致过桥时引发了共振，导致了大桥的垮塌、他当选为教皇后发布的关于修改天主教条令的布告……无一不与他的精神焦虑密切相关。他与朋友玩“当我们掌权时”游戏，提出各种政策与动议，也是为了逃避现实，缓解学术研究压力。其中，最具代表性的是《学术出版法案》提议：

> “为法令全书增添一条新建议——《学术出版法案》：政府将资助出版一份月刊，开本和电话号码簿差不多大小，用圣经纸分栏排印。月刊将登载所有投来的学术文章、笔记、信件等，不论质量优劣，选题是否有意思。现有的期刊将被一律废除。这有利于消除学术界任命和晋升中存在的不良竞争因素，一经任命和晋升，将根据候选人名字的字母顺序挨个来。”（BMIFD 174）

在他们的游戏中，这份由政府资助的月刊将刊登所有来稿。他们认为，这种做法有利于消除学界中的不良竞争。这恰恰与现实中的情况截然相反。在现实与想象的比对中，反讽的意味油然而生。除此之外，亚当的“文学大发现”过程也充满反讽意蕴。早上去大英博物馆的阅览室工作之前，他收到了一封外观稀奇古怪的来信：“你问我是否有埃戈伯特舅舅未曾发表过的手稿或者信件。说来也巧，我确实有几份他临终前才给我的文稿。我认为它们对于像你这样严肃认真的年轻人来说一定相当有意思。”（BMIFD 92）收到信的亚当感到欢欣鼓舞，他认为自己可以暂时放弃他未曾完成的论文，转而研究埃戈伯特·梅利马许的书信，然后发表论文，获得学位：

> 他仿佛看到了一本小巧玲珑的书：《埃戈伯特·梅利马许书信集》，由亚当·爱坡比编辑并作序。对这类东西，星期日的评家写手们趋之若骛了。他们一定拍手叫好：“爱坡比先生发现的这些文件，把我们带到英国文学生活中一个业已消失但别具魅力的角落，他作出了重大贡献……”（BMIFD 93）

傍晚时分，亚当按照邮件上的地址找到了寄信人罗亭迪恩夫人的家。罗亭迪恩夫人告诉亚当，他可以取走所有舅舅未曾发表过的作品，但是需要亚当支付二百五十英镑。无钱支付书稿费用的亚当被锁在屋里读这部名为《世俗布道辞与私人祷告文》的书稿，方才发现："没有哪个神志正常的人会花两百五十镑买下这堆垃圾的。梅利马许有一两篇作品还能体现他那个时代的魅力，几分顽皮的奇思异想。可是这一篇……"（BMIFD 128）亚当感到自己借此完成论文的可能性在逐渐流失。情绪低落的亚当遇到了罗亭迪恩夫人的女儿弗吉尼亚。亚当从她女儿那里得知，梅利马许并不是罗亭迪恩夫人的舅舅，而是她的情人。弗吉尼亚告诉亚当，如果他想看到更多的文稿，可以晚些时候再来家里。亚当不愿意放弃这次机会，在下午的雪莉酒会结束后，他再次驱车前往罗亭迪恩夫人的家，"如果他能拿到梅利马许的秘密手稿回家，那至少还算小有斩获，可以让他怀抱对未来的美好憧憬，安然上床入梦"。亚当认为，"并非单纯的情欲，驱使他一路朝着贝斯沃特的这所房子而去；应该说是'文学大发现'的诱惑。弗吉尼亚只不过是个意外插曲——尽管他得承认，这一插曲并不完全令他遗憾……他把她看成额外的收获"（BMIFD 158）。这其中的情境反讽体现在亚当真实意图和表象意图的间离中：真正让亚当感兴趣的并不是所谓的"文学大发现"的吸引，而是借此完成论文以获取学位和更好的生活。同时，虽然他一再强调不是情欲而是"文学大发现"的诱惑，让他再次踏上了前往罗亭迪恩夫人家的路，但不可否认的是，他对弗吉尼亚也并非完全毫无感觉。入夜时分，弗吉尼亚递给亚当一沓信件和一个日记本。亚当认为：

> 这些手稿的确是重大发现。信件的重要性只在于证实了弗吉尼亚讲的关于梅利马许和她母亲的故事……其他的是一些商定或取消约会的简短便条。可那个本子——那个本子完全是另一回事了……书名叫《罗伯特和雷切尔》（梅利马许和罗亭迪恩夫人的化名），以罗伯特的日记形式讲述了一个中年男子的初恋故事。（BMIFD 166-167）

这个故事并没有结局，显然不是一部完整的书稿。亚当想到：“《罗伯特和雷切尔》称不上是一部货真价实的文学作品，它给人的感觉粗糙而恶俗，全按真实经历的大致模型粗制滥造而成……绝对算不上是艺术，而且写作时肯定没有发表的想法；但又无疑是埃戈伯特·梅利马许写过的最好的东西。”（BMIFD 167）虽然亚当认为这部作品的价值或许称不上“文学大发现”，但的确是具有创新性的发现。他颇为欣慰地带着这叠手稿离开了罗亭迪恩夫人的家，怀揣着借此书稿改变生活状态的美好愿望。但是在回家路上，他的小摩托发生了自燃事故。亚当只来得及把自己的袋子从车上扯了下来，却不想这叠手稿已经燃烧殆尽。亚当再次回到了原点，不得不重新面对生活中的焦虑。在短短的一天之内，亚当不断地游走在希望与失望的两端，在这种情境反讽之中，亚当的焦虑和忧惧无处不在，而希望的最终破灭亦暗示了亚当按期完成论文，拿到学位，找到工作后过上更安稳的生活的愿景只是一种美好的期待。

二、校园小说中的情境反讽

与《大英博物馆在倒塌》相似，小说《小世界》中的情境反讽是情节构建和发展的主要手段。《小世界》是一部喜剧兼罗曼司，它浓缩了环球学者在各地进行狂欢节表演——参加学术研讨会的历程，每一个研讨会都成了一个进行表演、举行仪式的场所。从鲁米治大学的高校英国文学教学研讨会到耶路撒冷的“批评的未来”研讨会，再到阿姆斯特丹的“第七届国际文学符号学家代表大会”等，其中最为典型的是“美国现代语言协会”年会，有上万名学者就各种各样的问题进行讨论，共有六百多个专题会议，被洛奇称为“一个文人骚客的三环马戏场”（SW 354）。会址希尔顿饭店和美洲大厦既是休息与嬉戏的场地，也是进行学术会议的场所。每个参加者都以不同的形式介入这场演出——宣读论文、演讲、讨论，没有真正意义上的观众和听众，即使像伯斯这样未登记的旁听者也在发问，也在这场表演中扮演一个角色，这正是狂欢节的表演形式，亦是情境反讽得以产生的文本基础。

《小世界》中的情境反讽首先体现在主人公伯斯和安吉利卡的关系上。在一次学术研讨会中，伯斯邂逅了前来参会的安吉利卡，并迅速被她的外貌所吸引："她高挑的个儿，神情优雅，有着丰满的女性体态，黧黑色的皮肤如奶油般细腻；乌黑发亮的卷发垂下双肩，简朴的毛线外衣也是黑色，开领很低，凹到前胸。"（SW 9）伯斯对安吉利卡一见钟情，在会议期间，他的目光一直追随者她的身影，为她的出现欢欣鼓舞，也为看不到她而神情低落，"第二天早晨，安吉利卡没有参加研讨会议程的第一项活动，这是伯斯坐在教室里悄声抱怨'四月是最残忍的月份'的一个原因"（SW 15）。伯斯不仅被她的外表所吸引，也对她所掌握的种种新潮理论倍感兴趣，强烈要求安吉利卡为他介绍一下什么是结构主义。陷入爱情的伯斯决定为安吉利卡写一首诗，并请她一道来读：

> 玉盘高悬，覆盖着白雪皑皑的大地，在月光下熠熠生辉。人工湖边略呈斜坡的草坪上，展开一片炫目的白色，有一串白天已融化的脚印，构成硕大的、弯弯曲曲的字母，拼出了一个名字。（SW 46–47）

在这个非常浪漫的夜晚，伯斯和安吉利卡站在楼顶，看到了这首只有一个字的雪地诗，并顺理成章地谈到了文学意象中的神话和象征。伯斯没有回答安吉利卡关于弗莱的《可怕的对称》的问题，话锋一转，开始表白："我不想谈文学批评……在这样的高处，沐浴着月光，有你相伴才不孤独。我想谈谈我们……你愿意嫁给我吗，安吉利卡？"（SW 48）安吉利卡没有接受伯斯如此突兀的示爱和求婚，但是伯斯却并不愿放弃。安吉利卡隐晦地告诉伯斯她希望他们能够重演"圣艾格尼斯之夜"[①]，并告诉了他一个房间号。晚上，伯斯从晚餐会上悄悄地溜了出来，轻步走进安吉利卡告诉他的213号房间。他藏在壁橱里，满心欢喜地等待着心中女神的到来，却发现走进房间的是罗宾·邓普赛，并目睹了他准备上床的全过程。邓普赛发觉壁橱里有人时，惊喜地问道："安吉利卡，你一直藏在壁橱里吗？"（SW 71）当他发现此人居然是伯斯时，他生硬地说道："我是躺在床上等她来找我……像鲁吉罗和阿尔茜娜一样，她说。他们显然是那种意大利长诗中的一对人物。她给我讲过这个故事——听起来很够刺激。"（SW 67）事情发展至此，他们二人都反应过来，安吉利卡不过是拿他们开玩笑而已。当伯斯离开邓普赛的房间，去登记处查找安吉利卡的住处时，才发现她已经离开，根本没有登记住宿。这一反讽体现在伯斯对安吉利卡一厢情愿的追求和求而不得的情境之中，亦预示了两人将处于追与求的动态关系之中。

会议结束后，伯斯沮丧地回到了自己任职的学院。却意外发现自己的诗歌获了大奖。他借领奖的机会请了学术假，继续四处寻找安吉利卡。在苏活，他遇见了弗洛西比尔，后者带他去了有名的红灯区。在那里，伯斯无意间发现安吉利卡的照片居然被贴在脱衣舞会馆的门口。作为一名一直坚信婚前贞洁的年轻人，这一发现无疑对伯斯的精神造成了很大的冲击。于是，寻找安吉利卡的目的发生了转变，他不再只想着如何找到她并追求她，而是希望找到她之后，能够劝说她离开这样的生活。在辗转追寻的过程中，伯斯在机场的小教堂里发现了他以前写的祈祷书和一段留言：

> 他的祈祷书依然在那里，别在绿色台面的告示牌上。"亲爱的上帝，让我忘了安吉利卡。请引导她走出堕落的生活。"可是，上面多了一行精细的斜体字注释，这手迹他太眼熟了——如此眼熟，以致于他的心有一刻停止了跳动，他的肺倒抽了一口气膨胀起来，他的视线模糊了，差点昏倒在地上。"表面现象可能会引起误解。参见《仙后》II，xii，66。"（SW 289）

伯斯以为安吉利卡有着双面人生，他为此在教堂里写了祷告书，希望能够让安吉利卡离开堕落的生活。然而此事再次证明了一切只是伯斯的自作多情。安吉利卡并没有直接回复他的消息，而是引用了《仙后》中的诗句，让伯斯自己去寻找答案。在指定的书页上，伯斯找到了这样的诗句：

一个女子突然蹲入水里，
陌生人的眼光使她羞赧；
可是另一位更高地站起，
她那对洁白的乳峰高高裸呈，
一定是他温柔的心使那少女
心醉神迷，接着她向他呈现她的全身；
而藏入水中的那位，使他的渴望倍增。（SW 318）

读到这些诗句的伯斯激动难耐，明白了安吉利卡所引用的诗句背后隐藏的真实涵义：苏活脱衣舞夜总会外面的那张照片上的女孩并不是安吉利卡，而是她的孪生姐妹。这其中蕴藏着深刻的情境反讽，这是出乎伯斯意料之外的答案，却从另一个方面点明了伯斯的自以为是。这一具有情境反讽特点的设计增强了文本的喜剧性，推动了情节的进一步发展。伯斯终于在另一次学术会议上见到了日思夜想的安吉利卡。在会议间隙，他在酒店的长廊里找到了她，“这一次他毫不迟疑地行动了——决不能让她再从自己身边逃走。他没说一句话，一把将她抱在怀里，长时间热烈地吻她”（SW 399）。在房间里，伯斯终于初尝禁果。当他表明安吉里卡现在不得不嫁给他时，得到的答复居然是：“我不是安吉利卡，我是丽丽。”（SW 367）伯斯倍感震惊，很难接受这个事实，他反复盘问这个女孩究竟是谁。完全搞不清状况的伯斯十分痛苦。女孩走过来安慰他说：“伯斯，我是在试着告诉你，你并不是真爱安吉利卡。如果你不能肯定刚才被你占有的女孩是不是安吉利卡，你怎么能说是爱她呢？你爱的是一个梦。”（SW 368）女孩告诉伯斯，安吉利卡已心有所属，所以让她来委婉地告诉他此事。这时的伯斯不得不承认自己的感情实为一厢情愿，连自己也搞不清对安吉利卡的爱慕之情究竟是不是真正的爱情。隐含在情节结构背后的情境反讽一而再再而三地被推向了高潮，而给出的最终结局却具有后现代小说的含混性、未完成性等显著特征。

《小世界》中的情境反讽亦体现出狂欢化的特征。文本研究领域中的“狂欢化”理论源于具有精神文化意义的“狂欢式”，与官方严肃、死板的文化不同，它"在看待世界和人与人的关系上充分表现出非官方性、非教会性、非国家性，具有取消一切等级关系、追求平等自由、回归人的生命本体的文化意义，表达了构建一个不同于官方世界的另一个世界、另一种生活形式的乌托邦理想"（孙磊，2018：95–96）。巴赫金从"狂欢式"中抽象出"狂欢化"理论，并将其发展为"揭示各种文化文本意义和价值的一种隐喻性的话语和独特的方法论"（孙磊，2018：97），主张"中心与边缘、崇高与鄙俗、神圣与亵渎的对话"（孙磊，2018：97）。换言之，"狂欢化"推崇对立的二元在同一时空体中进行交流和对话，并从中衍生出颠覆性和对话性。在小说开篇的学术研讨会闭幕之时，主办方鲁米治大学设计的中世纪晚宴具有典型的狂欢性特征，其中融入了诸多中世纪元素，包括村姑、小丑和国王，"在饭厅一头的舞台上有两个演员，一个化装成国王，另一个化装成小丑，他们俩主持整个欢宴活动。那国王有一架键盘式手风琴，小丑有一套架子鼓，都配有麦克风和扩音器"（SW 65）。在这场晚宴中，"国王"所具有的权威性不复存在，取而代之的是诙谐性。但是这场聚会却并没达到预想的效果，原本希望能够营造一种快乐和喜剧氛围，却因其低俗和过于滑稽而成了一场灾难，让人感到厌恶不已。这一情境反讽体现在原初意图和实际结果的背离之中，以娱乐为目的的狂欢活动却如灾难般让人无法接受。除此以外，情境反讽亦发生在弗洛西比尔参加电台节目之时。一家澳大利亚的广播电台希望能够采访他，因为不久后他的《更远的路》就要在澳大利亚电视台播放。整个采访过程看起来十分顺利，然而就在结束以后，音响技师把他们叫回演播室，于是他们便听到了对方的谈话：

"我不喜欢他的最后一部，"罗德尼·温赖特说，"那是，什么时候？八年前吧？"

"不止八年，"格里格同意说，"你认为他江郎才尽了？"

"我敢肯定，"罗德尼·温赖特说，"他对后现代主义完全无话可说。他似乎根本不理解这个问题。"

罗纳德·弗洛西比尔弯腰打开技师的麦克风。"你可以将你的后现代主义问题收进你的屁股了，温赖特，”他说。

对方陷入一阵吃惊的沉默。接着，罗德尼·温赖特颤声问道，“是谁这样说话？”

“耶稣，”格里格说。

“耶稣？”

“我是说，耶稣啊，那该死的线路还开着。”格里格说。（SW 201–202）

温赖特前后不一的两种言辞是情境反讽达成的必要因素。虽然在做节目时，温赖特对罗纳德·弗洛西比尔恭敬有加，但是在结束后却对他评头论足，认为他实质上对后现代问题并不了解，全然没有注意到弗洛西比尔能够听到他的评价。温赖特似乎在暗示弗洛西比尔有良好声誉是刻意为之的结果，而弗洛西比尔对时下流行的后现代性的无话可说预示着他的作品已经过时。借助情境反讽，洛奇一方面讽刺了温赖特的表里不一，另一方面亦对弗洛西比尔无法把握时代潮流却又不愿承认进行了精妙的讽刺。

除此之外，在《小世界》中，故弄玄虚亦是达成情境反讽的手段之一。文坛名人西格弗里德·冯·托皮兹便是最具代表性的一位。他的左手始终带着一只黑色的手套，“没人知道里面藏着什么丑陋的伤残或畸形。不过有许多人猜测：一个令人厌恶的胎记，一个化脓的伤口，某种生物变异，比如指头长成了爪子了，或者是不锈钢和塑料做成的假手”（SW 109）。而在小说最后，当他的这只黑手套被伯斯无意间抽掉之后，出现的是“一直完全正常而健康的手。西格弗里德·冯·托皮兹顿时变得脸色苍白，嘴里嘶嘶作响，身体似乎在萎缩。他将那只手戳进甲克口袋，溜出房间。此后，再也没有谁在国际研讨会上见过他”（SW 379）。托皮兹赢得公众关注的方法，不是通过学术上的成就，而是借助一只黑色手套所引发的“悬念”。这其中蕴含着情境反讽的因素，体现了洛奇对那些沽名钓誉，只重表面而不重内在的学者的讽刺。

洛奇的另一部校园小说《美好的工作》中的情境反讽集中体现在主人公罗宾和维克“跷跷板”式的关系上。罗宾·彭罗斯是鲁米治大学英国文学的临时讲师，她“要指出十九世纪长篇小说的兴起正好与资本主义的兴起偶合这一事实；十九世纪长篇小说对所有其他文学样式的胜利正好与资本主义的胜利偶合；还有，二十世纪现代主义与后现代主义对古典长篇小说的解构又与资本主义最终的危机偶合”（NW 28）。罗宾十九世纪工业小说的著述颇多，也因此在工业年被选为“影子”，每周一天去工厂实地考察，并形成报告：

> 影子，顾名思义，就是一个跟着另一个人的人，在别人做日常工作时，他要整天跟着他。用这种方法，影子可以获得对那种工作真正的、内在的了解，而这是简单的、有组织的、走马观花式的参观所无法获得的。最好的做法是，影子跟他追随的对象不间断地一直度过一个星期或两个星期，但如果无法做到，整个学期固定每周一天下厂也可以。活动结束时，影子们要写出报告，汇报他们了解到的情况。（NW 75）

罗宾将要跟随的人，是一名名叫维克的工厂经理。小说伊始，维克正经历着每早都必定出现的身份危机。一想到利润、季度预测和年终总结，以及等着他一个人养活的一大家子，他就感到巨大的压力。当他听到“工业年影子计划”时，他的抵触情绪忽然高涨，不明白派一名与工厂毫不相关的知识界人士来厂子里能有什么益处。巴克斯特告诉他，他的影子名叫罗宾·彭罗斯时，维克以为是一位搞医学的，但巴克斯特挑明说她是个英国文学讲师，维克的反应更为低迷：“耶稣哭了。”（NW 79）初次见面时，维克的同事们对罗宾引人注目的外表大为赞叹，而他却躲在卫生间里，烦不胜烦：“耶稣哭了！不只是个英国文学讲师，不只是个英国文学女讲师，而且是个时髦的左翼女权主义英国文学女讲师！一个过于时髦的左倾主义英国文学讲师！”（NW 106）罗宾对工业区的第一印象也并不好，“鲁米治的阴暗面，对她来说，它跟月球的阴面一样陌生”（NW 85）。在去往工厂的路上，罗宾发现工业区没有树，也没有公园和绿荫，住宅破败不堪，房屋的装饰风格混杂，家具丑陋不堪，店铺阴暗无比，如墓地一般沉寂，没有活力。“人行道上走着默默无语的人们，过往车辆扬起的雪泥不时溅在他们身上，他们看上去像斯多葛主义者那样可怜，似乎并不指望得到更好的生活。”（NW 87）对罗宾而言，工厂生活是她根本不了解的，也不想去了解的。虽然她研究的主攻方向是工业小说，但这种研究仅仅停留在文本层面，与现实并无联系。因此，罗宾几乎是带着敌对的态度审视着维克的工厂。她深受马克思主义的影响，认为工人是受到压迫的、需要被解救的阶级。初到工厂的她为震耳欲聋的噪音和肮脏的工作环境震惊不已：

> “那噪音，那肮脏，那机械的、重复的动作，那……一切的一切，那些男人竟然要忍受如此惨无人道的环境——”
>
> “喂，等等——”
>
> “还有女人。我见到的的确是女人，是吗？”
>
> “我们是有一些女人。我想你们全都赞成男女平等吧？”
>
> “不是平等地受压迫。”
>
> “压迫？我们没有强迫任何人在这儿工作，要知道。我们登招工广告的每一个非技术工作的岗位，都有成百个应聘者——一百多个。那些女人很高兴在这儿工作……”
>
> 罗宾沉默了。她感到自己被过去一小时的感性印象弄糊涂了，她感到迷惑不解。这是她平生第一次失语并对自己论点的基础产生动摇。她一直想当然地认为失业是一种邪恶，是撒切尔政府对付工人阶级的武器；可是如果这就是就业，那人们也许还不如没有工作呢。（NW 110-111）

现实与理论之间的差距以一种突兀的方式呈现在罗宾面前。她感到以往所接触到的关于工厂、工业和阶级的理论在现实面前显得如此单薄无力。她对现代工厂的印象主要来自电视商业广告和各种报道：“明亮的彩色机器和平滑运转的装配线，由衣着整洁、生气勃勃的操作人员控制着，莫扎特音乐的音轨伴随着它们生产出一台台汽车或晶体管收音机。”（NW 111）实际情况则截然不同:“目力所及几乎没有任何色彩,也看不到一件干净的工作服,他们有的不是莫扎特的音乐,而是震耳欲聋的魔鬼般的不和谐音……这个地方似乎不是为给外面的世界生产商品而设计的,整个就是为在此工作的人制造痛苦而设计的。”(NW 111)情境反讽将罗宾与维克之间的冲突直白地表露出来,这实质上亦是文学界与工业界的冲突。其中受冲击最大的实为罗宾,她艰难地在理论与现实的夹缝中寻找平衡。虽然“影子计划”给她带来了许多不便和烦扰,但是她还是坚持了下去。逐渐地,她的思想发生了变化:“每周在工厂待一天的罗宾·彭罗斯,似乎是那个每周另外六天忙于妇女研究、维多利亚时代小说和后结构主义文学理论研究的罗宾·彭罗斯的影子……这段时间她过着双重生活,她感到自己因此成了一个更有意思、更复杂的人”(NW 205)。情境反讽的设置使罗宾从外部视角对自身存在进行了观照。在“影子计划”中,罗宾分裂的自我开始出现。她的身份不再是单一的文学理论研究者,在工厂观摩维克的工作使她得以从外部反观自己曾经的研究。文学文本的研究仅仅停留在理论层面,它与现实之间的距离使罗宾的意识发生了变化。虽然她不赞成维克的绝大多数观点,但是不可否认的是,维克的思想对她产生了潜移默化的影响。二人的关系从一开始的决然对立转向沟通、对话和协商。

在维克眼中,罗宾与他所接触过的女性有显著的不同。她大胆、独立、自信,不需要依靠男人维持生计。他逐渐被她身上的这些特性所吸引,终于大胆邀请她参加他家每周一次的聚餐会。维克的妻子玛乔里对此大惑不解,紧张不安。维克给出的解释是:“因为她有意思……你可以和一个聪明人谈谈话。我想这可以改变一下我们的生活。”(NW 222)饭后,维克和罗宾一道在小区里散步。在这个相对休闲、私人的环境中,罗宾第一次与维克谈起自己的工作和生活。维克请求罗宾与他的孩子们谈谈,希望他们能够选择完成大学学业,而不是中途辍学去学习美发或其他技能。罗宾说:“她去理发很可能会比我赚的钱多。”(NW 228)但是维克却认为,钱不是一切,挣钱不是生存的目的。对于维克的变化,罗宾感到十分讶异,因为一直以来,维克给罗宾的印象,就是他用金钱作为衡量一切的标准。但是在他的内心,他认可文化对人的精神产生的积极影响。这其中的情境反讽源于二人的原生环境。这次家庭聚餐并没能完全改变罗宾对维克的印象。在与查尔斯的电话中她提到维克家的装饰和摆设："豪华、鄙俗的口味……那壁炉真让人不敢相信，是那种土里土气的五彩石块玩意儿，向四面八方伸展，一直到天花板，带着各种各样摆放装饰品的窝窝槽槽。"（NW 235）罗宾对维克家庭成员间关系的评论更具有理论特点："整个情境就像一部弗洛伊德式的连续剧。大儿子二十二岁了，可看上去仍在持之以恒地实现他的俄狄浦斯情结，维克压抑不住对女儿的乱伦感情，这种感情转化为没完没了地找她的岔子。"（NW 236）暂且不说罗宾的论断是否正确，单从她的评价就可以看出罗宾对维克家庭生活持否定态度。虽然这次家庭聚餐没有让罗宾对维克心生好感，但是对维克而言，情况却发生了变化，"仅仅几个星期之隔，罗宾·彭罗斯就由一个让人讨厌的人，一根肉中刺，变成了一个他高兴见到的老朋友……他意识到，在罗宾下厂做他的影子时，他表现得特别出色。当她不在时，他总想着她在场并为他喝彩"（NW 237）。维克对罗宾的感情不断升温。他邀请她与他一道去法兰克福参加展销会，在会议间歇，维克终于压抑不住自己的情感，向罗宾表达自己的爱意。罗宾则理性地从精神分析的角度分析什么是爱情："罗曼蒂克的爱情话语假定你的手指与我的身体是两个独一无二的个体自我的延伸，这两个自我彼此需要，而且只需要对方，要是没有对方就永远永远也不会幸福。"（NW 284）然而维克却并不能完全理解罗宾的分析。他被情感冲昏了头脑，满脑子只有与罗宾的爱情，并异想天开地向罗宾求爱，希望她能够接受他，并自作主张做起了罗宾的影子，开始参与罗宾的工作，在她的课堂上发言、讨论，甚至开始读诗歌和小说。这种地位的反转具有强烈的情境反讽特点。二人的立场发生了偏移甚至逆转，隐喻性地指出了这样一个事实：正如罗宾和维克的关系会从对立转为包容一样，文学和工业也不会一直处于对立地位，二者间的交流、沟通甚至是合作将必然是可行的。

对罗宾而言，和维克的一时的激情并不是她想要的爱情。但不可否认的是，在普林格尔工厂的经历和维克的思想不经意间影响了她。回到鲁米治大学以后，她看到年轻的学生、有着灯塔般的图书馆、运动中心、鲁大交响乐队的演出海报时，不由自主地想到："工人们在中午拖着脚步走进室外的阳光里，满身汗渍……在笛声中重新回到酷热、嘈杂、恶臭的车间里，再干四小时的苦力活。"（NW 339）罗宾在内心中抵触着这样的想象。她将这些工人转到了校园：

> 所有的员工——劳工、技术工、监工、主管、经理、厂长、秘书、清洁工和厨师，穿着像油布一样硬的粗布工作服和肮脏的工装裤、连锁店买来的套装和条纹西装——都被用公共汽车运到鲁大，在校园大门口让他们下车，像一支迷路的军队一样排着长队在校园里游逛……那些漂亮的年轻人和他们的老师停止玩耍和辩论，站起来走上前去迎接从工厂来的客人们，握手欢迎他们，草坪上形成了一百个讨论小组，一半是学生和讲师，一半是工人和管理人员。他们在一起交换思想，讨论大学的价值观和商业规则如何与社会的利益协调一致。（NW 339-340）

虽然罗宾的白日梦并无实现的可能，但折射出作者的隐含意：工业界和学术界可以以一种更为合理、和谐的方式在社会中共存，它们之间不应是截然的对立，而应和谐共生。只有文化，而不是利益和金钱，方可达成它们之间友好共存的愿望。

小说的结尾并不完美。作为临时讲师，罗宾的工作虽然出色，却因高校经费削减而无法获得稳定的教职。维克的工作也遭遇危机，他被普林格尔工厂解雇，处于失业状态。故事的转机在于罗宾获得了一大笔遗产，并决定用这笔钱资助维克继续他的生意。虽然他们并没有走到一起，但是作者却用这种方式宣告了他们二人的联结，也象征着文学界和工业界的和平握手。在小说的结尾，洛奇描绘了一幅在大学校园里常见的景象。学生们舒适地或躺或坐在草地上，身边有一位黑人园丁推着剪草机来回走动。他们年龄相仿，但是他们之间却没有半点交流的迹象，有的只是对相互接触的回避。虽然他们处在同一空间之中，但是生活在两个不同的、互不联系的世界，这"显然是处理不同等级与不同种族之间关系的英国式方法。回想起她那幅普林格尔工人们访问校园的乌托邦式幻景，罗宾暗自沮丧地笑了”（NW 378）。这段情景描述是作者语言和人物语言的结合，传达出隐匿的作者话语。在英国，不同的等级和种族之间处理问题的方式便是互不接触，双方或者是多方之间没有明显的情绪变化，但是也没有交流和沟通的愿望。每种等级都是独立的客体，并不与其他的等级发生关联，恰如校园里工作的年轻的园丁和年轻的学生一样。罗宾曾幻想让普林格尔的工人们来鲁大，和学生们一起讨论，以期实现理论和现实的结合，然而在这种场景面前，她白日梦式的幻想只能是遥不可及的乌托邦。

《换位》中的情境反讽更为突出和明显。这部小说有着精妙的二元对立结构，其反讽基调源于英美两国文化的差异。洛奇曾经坦言，这部小说的创作背景与他年轻时访问美国的经历有关。在他的印象中，英国文化相对传统和封闭，而美国文化则是自由、开放的代表。当成长在两种不同文化中的个体忽然被“空投”到对方的文化语境之中，必然会出现文化碰撞、冲突和融合。在这个过程中，人物心理的变化、境遇的不同均导致了人物行为脱离了以往旧的文化场域，呈现出强烈的喜剧色彩，也隐晦地呈现出作者的反讽基调。

位于美国的尤福利亚州立大学和英国的鲁米治大学有一项交换访问学者的长期计划，时间定在每学年的第二个学期。对于鲁米治大学的教师而言，去尤州大学交换如同度假一般让人心驰神往，而尤州大学的教师则不是很情愿被交换到鲁米治大学。当鲁米治大学的菲利普·史沃娄教授偶然得到访问美国尤州大学的机会时，他跟妻子希拉莉商量此事，希拉莉认为他应该抓住这个难得的机会，因为菲利普在鲁大的压力太大了。但是，菲利普不愿贸然承认他十分想借机去国外散散心：“虽说这样，孩子们怎么办？罗伯特的中学入学考试怎么办……他手里抓着一只滴水的盘子就像抓住希望似的。”（CP 20）他为即将去美国度过六个月轻松快乐的日子感到负罪，因为“他想他并不会想他们（孩子们和希拉莉）。他对孩子们并不怀有恶感，但他想没有他们他会过的很好的”（CP 21）。对菲利普而言，这次交换的机会有如度假一般令人神往。然而，对尤州大学的扎普教授来说，去鲁大交换是不得已而为之的事情。遭遇了婚姻危机的他不得不去欧洲，他在跟教务长的电话里提到："我想去欧洲待六个月……哪儿都行……哪怕是英国。"（CP 39）初到对方学校的菲利普和扎普都经历了不同程度的"文化冲击"。菲利普在尤州租的公寓有着美妙的景色，"他每天早晨一拉开起居室的窗帘，就可以看见窗外像开始放映的宽银幕立体电影里的特技画面一样的景物。在画面的前景，他的两侧，是柏罗丁山坡……他脚下，在山脚渐渐变成水平状态与海湾的海岸线相接的地方，坐落着大学校园"（CP 53）。扎普在英国的住处则相对晦暗："这是一幅狭长的风景，阴湿的车库、滴水的洗衣房、病黄的大树、积满污垢的屋顶、工厂的烟囱和教堂的尖顶……"（CP 54）当莫里斯·扎普第一次来到办公室时，他：

> 又惊又喜：这是一个宽敞舒适的房间，配有办公桌、餐桌、几把椅子、色泽和谐的抛光木料做成的书架、安乐椅和相当漂亮的小地毯。更重要的是，房间里暖和……在这里，就是资格最低的教师也有一个属于自己的大办公室，教工活动室建得像希尔顿饭店，使尤州大学的教工俱乐部黯然失色。（CP 58）

在不同的文化背景下，潜伏在内心深处隐含的自我开始蠢蠢欲动。菲利普发现，在自由的美国文化中，他以往备受压抑的感觉日益消逝，取而代之的是青春般的活力和自信。他的室友中有一名名叫媚兰丽的女孩，她邀请菲利普与她的朋友们一起聊天。媚兰丽看到菲利普的家庭照片，告诉他她觉得现在的他很可爱，并倾过身子在他嘴唇上吻了一下。这个吻彻底唤醒了菲利普对激情和青春的肉体的记忆，"一种始于他身体深处的暖融融的感觉，它发散开来，直到到达四肢才慢慢消失。由于那一吻，他又重新获得了青春期时那种情不自禁的、令人销魂的性冲动——也有它的窘迫"（CP 99）。被激情冲昏了头脑的菲利普情不自禁地与媚兰丽有了一夜情。他感到自责，却又无法自拔。很快，莫里斯·扎普得知了此事，他很震怒，因为媚兰丽是他和前妻的女儿。冷静下来的菲利普很快断了和媚兰丽的关系，却在偶然间和扎普夫人擦出了火花。他搬进了扎普夫人的公寓，每天早上早起为她的孪生子做早餐，送他们上学，陪他们玩耍，俨然成了这个家庭中的一分子。在度过了一段逍遥的日子之后，他不得不想起他的妻子希拉莉，并得知希拉莉已经知晓此事。在一段意识流叙事中，菲利普开始反思他的婚姻："我变了，希拉莉，变化比我曾经想象的要大得多……在我看来，我与德丝丽的关系没有错，错的是我们的婚姻。我们曾经完完全全地拥有对方，但毫无快乐。"（CP 203）菲利普与希拉莉之间出现了危机，甚至在希拉莉生日的时候，菲利普也没有任何表示。倍感伤心的希拉莉在莫里斯·扎普那里找到了慰藉。不可避免地，他们之间产生了感情。于是，事情由菲利普单方面的出轨变成了四个人之间的爱情角逐。然而，对已到中年的这两对夫妇而言，离婚都不是轻易可以作出的决定。在小说的结尾，作者运用电影脚本的方式，安排他们四人在同一空间中会合，来讨论事情最终的走向。洛奇在这里采取了开放式结局的处理方法，并没有明确指出故事的结局如何，而是插入了一段作者话语：

> 我的意思是，你在心里抖擞精神做好走向小说结局的准备。当你阅读时，你知道书里只剩一两页这一事实，你准备合上书。可是看电影时你无法作出判断，特别是在当今，电影比起以往结构更为松散，有更多的二重性。你无法断定哪一个镜头会延续下去。电影往下演，正如生活往前走一样，人们举手投足，做各种事情，饮酒、交谈，而我们观看着他们，在导演选定的任何一个时刻，没有提示，没有任何事情得到解决或解释，就可以结束。菲利普耸耸肩膀。摄影机停了，将他定格在做了一半的姿势中。（CP 266）

在这段插入的作者话语中，洛奇将这一场景以电影的方式展现出来，并强调电影情节的推进恰如生活一样往前走，而读者就如同看电影的人，从外部视角观察着人物的喜怒哀乐。电影与生活的对比蕴含着丰富的反讽元素。电影镜头可以回放，可以重来，但生活不能。因此，生活中作出的抉择要经过慎重思考，不能任性为之。对于这两对夫妻来说，婚姻关系亦是如此。《换位》中的情境反讽亦体现在一个次要人物查尔斯·布恩的境遇中。查尔斯本是菲利普的一个学生，在校时是一个爱惹麻烦的人。他“是来自平民区的聪明的年轻人，他们不像那些传统的学究型孩子，他们不遵从既定的社会与文化价值观”（CP 31），因此被称为“系痞”。他和菲利普在飞往尤福利亚的飞机上相遇，滔滔不绝地谈起他在美国的生活。他大学毕业后在美国找到了一份工作，主持一档播音节目，十分火爆，也因此成了名人。而菲利普曾经是他的老师这一事实也为菲利普带来名誉：

> 使菲利普·史沃娄感到很屈辱的是，他在尤州大学的主要社交资产竟然是他与查尔斯·布恩的关系。在与威利·史密斯的交谈中他不经意地说漏了嘴，似乎在几个小时内，这一消息就已闪电般传遍了校园的每个角落。他的办公室挤满了急于结识他的人……真是难以置信，“查尔斯·布恩节目”在尤福利亚风行一时。（CP 72）

此处的情境反讽源于菲利普和查尔斯之间地位的反转。学生时代的查尔斯因特立独行而被排斥，却因在美国主持了一档电台节目而成了家喻户晓的名人。以往倚仗菲利普帮助的查尔斯成为了菲利普在美国打开交际市场的“钥匙”，其中的情境反讽不言自明。洛奇对情节进行如此设置的目的，似乎是在批判英国社会的保守和缺乏活力。情境反讽在小说《治疗》中亦有鲜明的表现，主要体现在主人公劳伦斯对“治疗”的求而不得之中。故事伊始，劳伦斯·帕斯摩尔正为不知名的膝盖痛倍感焦虑，也使得他的中年危机更加难熬。他四处寻找多种治疗方法，包括手术疗法、按摩疗法、行为疗法等，却无果而终。他的自信在不断流失，看似成功的事业亦危机重重。虽然他有着优裕的物质生活，但是不能缓解他精神上的痛苦。为了扭转这种局面，他不断地外出旅行，尝试和不同的女人发生关系，希望能重拾对生活的信心。他先是和他柏拉图式的恋人阿米相约去特拉维夫度周末。劳伦斯期待通过这种关系来治疗心里的焦虑，而阿米也期待用这种稳定的关系来弥补婚姻的失败。然而，这个原本应该很美好的假期却被当地恶劣的环境所破坏。在这种并不能使人身心愉悦的场合，二人原本的愿望落空了。此次的失败并未使劳伦斯放弃。他再次出发，前往洛杉矶的贝弗利山，进行下一次的寻找。当路易莎随意问起他的近况时，劳伦斯打开了话匣子，不停抱怨着引发他忧虑的种种经历。路易莎很快明白了劳伦斯此行的真正目的。他希望能和路易莎发生婚外关系，以寻求心灵的快乐和归属。然而，劳伦斯的这次尝试同样以失败而告终。于是，他转而飞往哥本哈根去寻找对他产生了重大影响的丹麦哲学家克尔凯郭尔的踪迹。洛奇通过萨曼莎的叙述再现了劳伦斯在哥本哈根的经历和思想动态。已经被克尔凯郭尔深深迷住了的劳伦斯将此次旅行当成了一次精神上的朝圣。他发觉自己的处境与克尔凯郭尔的经历极其相似。他最终意识到，他真正应该去追寻的，并不是类似一夜情那样的婚外关系，而是初恋般的心灵伴侣。只有这样才能使他重新找回失落的自我，得到宽恕和精神上的救赎。

几经周折，他得知了莫琳正走在前往圣地亚哥的朝圣路上，于是，劳伦斯带着对旧日爱情的怀念和渴望踏上了朝圣的路。他开着车从伦敦到圣让·皮埃德波尔，然后翻越了比利牛斯山。在途中，劳伦斯直接感受到了朝圣之路的艰险，也逐渐明白了在当今社会中，“朝圣”所具有的超越宗教的世俗意义：在朝圣之路上，有很多人的目的不再是为了去追寻古代圣人的踪迹，而是为了在这种目标单一的活动中放空自己，以期获得精神上的宁静。原本具有浓厚宗教意义的朝圣也因此具有了世俗意蕴，成为了生活哲学的一部分。在这一过程中，劳伦斯意识到，他焦虑的根源并不是所谓的中年危机，而是自我的迷失和沉沦。他的朝圣之旅已经不再是通往天国之路的旅程，而是通往现世自我的世俗之旅。在获得了精神上的救赎之后，肉体的病痛也消泯不见。这种看似“南辕北辙”式的治疗取得了意想不到的效果。作者借此情境反讽揭示了其意欲表述的真实涵义：劳伦斯肉体的病痛只是表象，其根源是根植于内心的流散感和疏离感。只有当心灵有了真正的归属，“治疗”才能够真正实现。

综上所述，情境反讽强调的是小说的主题和情节中设定的内在矛盾和冲突所引发的意义间的悖逆性。在戴维·洛奇的校园小说和天主教小说中，由言行不一、表里相异所构建的情境反讽空间突出了小说叙事手法的反讽性。

情境反讽在营造喜剧效果的同时，还体现了当时社会中诸多观点和概念的相互冲突。

【注释】

① 传说中，在圣艾格尼斯之夜，未婚的少女们斋戒之后上床，便能在梦中见到自己未来的丈夫。安吉利卡在前文中曾告诉伯斯："你可以藏在我的卧室里看我上床，那么我可能会梦见你做我的未婚夫。"

第六章 文体反讽

一、文体反讽的产生

长久以来，文学的各种文体在文本实践中逐渐生成一套规范模式，其主要特征是文体内容与形式的高度契合。文体反讽则源于对契合的打破，“一旦这种契合被打破，规范性也将不复存在，反讽将会乘虚而入，这种存在于文体规范与效果之间的悖逆现象，我们可以把它称为文体反讽”（佘向军，2004:141）。文体反讽破坏了文体的表意规范，在内容与形式之间产生间离，从而营造出反讽效果。在戴维·洛奇的小说中，文体反讽主要借由文体戏仿、文本拼贴、复调、元小说等后现代技法来实现。“滑稽模仿本质上是一种文化现象——对一位作者或文类的种种形式特点的夸张性模仿，其标志是文字上、结构上或者主题上的不符。滑稽模仿夸大种种特征以使其显而易见；它把不同的文体并置在一起；使用一种文类的技巧去表现通常与另一同文类相连的内容”（佘向军，2004:142）。洛奇在小说中多次运用戏仿、文本拼贴、互文性等后现代写作技巧，在文本中营造出文体反讽的效果。这一做法的结果是文本的形式和内容不再依顺于同一目的，而产生了间离和悖逆。这种形式和内容的不协调产生了滑稽悦人的艺术效果。在滑稽和嘲弄中，作者以一种隐蔽的方式对诸多社会问题进行反思和探讨。

二、戏仿和互文中的反讽因素

身兼文学评论家和小说家两职的洛奇在小说创作中经常会运用戏仿。戏仿是指“对原文进行转换，要么以漫画的形式反映原文，要么挪用原文……仿作者从被模仿对象处提炼出后者的手法结构，然后加以诠释，并利用新的参照，根据自己所要给读者产生的效果，重新忠实地构造这一结构”（转引自刘倩，2016：85）。作者将具有自我意识的解读与重构结合在一起，在原文本和创造性文本之间生成反讽意蕴。在洛奇的小说中，戏仿与反讽结合在一起，极大地拓展了文本的意义空间：《美好的工作》中有对维多利亚时期工业小说的戏仿；《小世界》中有对传统骑士文学叙事模式（圣杯追寻）的戏仿；《大英博物馆在倒塌》则融合了传统英国文学叙事的诸多元素，掺入了对经典作家作品的戏仿。除此之外，互文性也是产生反讽意蕴的主要方式之一。在《换位》中，双重结构不仅营造出丰富的喜剧效果，亦成为了互文性得以产生的基础。作为访问学者的双方——尤州大学的扎普教授和鲁米治大学的菲利普教授均有着典型的固定性格。人物性格的单一造就了人物与环境之间的反差，产生了强烈的喜剧效果和多维的反讽观照，“这种平行对称连同对照性反讽正是互文性的表现”（丰云，2015：57），增强了文本的可读性和喜剧性。《换位》中的互文性集中体现在异化的学术演绎上。作者在小说中并入的文学评论彰显了此文本与其他文本之间的互相牵制和对应关系。

这一技法在加强文本间关联性和小说可读性的同时，亦使反讽叙事成为可能。本节选取了具有典型特征的戏仿和互文性文本作为例证，详细阐释反讽与戏仿、互文之间的逻辑关联。

1. 戏仿中的反讽

有评论家指出：“戏仿是一种最具意图性和分析性的文学手法之一。这种手法通过具有破坏性的模仿，着力突出其模仿对象的弱点、矫饰和自我意识的缺乏。所谓模仿对象，可以是一部作品，也可以是某些作家的共同风格。”

（陈世丹，2018:92）在《大英博物馆在倒塌》的后记中，洛奇指出："戏仿在书中的运用，对我而言，无疑也是应对美国评论家哈罗德·布鲁姆所称的'影响的焦虑'的一种方式。（BMIFD 198）"在他的小说创作实践中，戏仿成为了作家力求创新、摆脱传统束缚的主要方式，也在传统和现代之间建立了联结。

《大英博物馆在倒塌》的叙事主线是当代英国天主教教义与平信徒们世俗生活之间的冲突和矛盾。在本书的后记中，洛奇明确提到，天主教的世俗化改革是此书的写作背景。在20世纪60年代之前，有关婚育的条令在天主教徒心目中是恒久不变的，也没有人相信教会会在这一点上作出任何改变。如果无法坚守这些禁令，那么最好的做法便是脱离教会，而真正虔诚的天主教徒绝不会质疑甚至违反它们。但是，到了20世纪60年代早期，随着医学和科学的发展，以往困扰着诸多天主教徒的难题（主要是关于人工避孕是否合乎教规一事）有了新的解决方法，并且这种方法与传统的天主教教义并不冲突。同时，新当选的教皇提倡让天主教徒对信仰中的定式思维进行反思。"梵二会议"的召开更是将新的思想融入传统的教义之中。这次会议的主办方甚至自建了专门的委员会，对生育控制的问题进行探讨。这一切都预示着教廷对教义的改变。洛奇坦言，这种背景直接决定了《大英博物馆在倒塌》中有着更多的喜剧元素。作者的反讽叙事赋予了小说很强的喜剧性。洛奇在文本中着力描绘了世俗化进程中天主教诸多的教义与教徒生活之间的疏离与悖逆，是作者运用反讽性的喜剧手法探讨严肃主题的典型案例。洛奇摈弃了传统天主教小说刻板的写作方式，运用了实验性的写作方式，对涉及宗教和世俗的严肃话题进行了深入的探讨。《大英博物馆在倒塌》是洛奇运用文体反讽进行情节架构的早期作品。作者对传统现实主义作品进行了大规模的戏仿，并将其作为反讽叙事的主要表现方式。这种处理方式不仅加强了宗教小说的叙事性和可读性，也为宗教小说文体的发展开辟了一条新的道路。

在小说的前言部分，作者明确指出了一些稍难辨识的戏仿技巧："在第二章中，亚当·爱坡比在台阶上的尴尬经历，呼应了威廉·戈尔丁的小说《自由落体》中的一个段落……同一章结尾处，亚当骑着助动车遇到交通堵塞……

这里模仿的是弗吉尼亚·伍尔夫的风格……在第三章中，亚当设法更换阅读证这一经历，非常明显地仿效了弗朗兹·卡夫卡笔下的主人公在官僚主义的迷宫中历经的磨难……”除此之外，在《大英博物馆在倒塌》中，戏仿的元素亦俯拾皆是，表达了作者对天主教保守教条的批判和讽刺。

在前文中曾经提到，亚当的白日梦是他试图抵御现实生活压力的途径之一。这些白日梦看似天马行空，不着边际，其实均紧紧围绕着“天主教”这一核心。他泡茶时，无意中开始想象地球生命遭遇毁灭之后，自己为火星人编纂百科全书时对“罗马天主教”词条的解释。亚当的版本可谓是对百科全书词条的精细戏仿。在他的版本中，“罗马天主教”无关信仰，而是充斥着禁忌、数字的小册子和温度计。这一解释虽然采用了百科全书词条的模式，却有着完全不同的内容。在这里，“天主教”的本体意义与实际内涵之间、词条的形式和内容之间出现了明显的间离，成为反讽叙事形成的必要条件。虽然“天主教”应当以信仰为基础，然而，其种种禁忌给年轻一代的天主教徒带来了精神压力，导致本体意与实际意的偏离。作者借此举表达了自己的价值判断：宗教信仰的核心内容应当是精神，而不是禁忌。对禁忌的过度重视和强调必然导致对信仰的疏离。

《大英博物馆在倒塌》中另一处明显的戏仿在小说的尾声部分。作者借用了芭芭拉的视角对婚姻生活进行观照，在理想与现实的差距中凸显反讽意蕴，也更为直接地展现宗教禁忌束缚了平信徒的思想。作者自述是因为需要引入亚当妻子芭芭拉的视角来反观他们的婚姻问题，才试图去“找到一种可以引起高潮的戏仿”。不难看出，芭芭拉的独白与詹姆斯·乔伊斯的《尤利西斯》中最后一章莫莉·布鲁姆的独白颇有相似之处。在独白的后半段，洛奇亦采用了无标点式叙述，更加明确了与《尤利西斯》间的戏仿关联。然而，这种关联不是为了强调其相似性，而是为了彰显芭芭拉和莫莉·布鲁姆之间的差异。洛奇在这种差异和悖立中渗入了反讽叙事的元素，强化了芭芭拉守旧、传统的个性特征，也从侧面解释了为何芭芭拉会因天主教禁令而陷入焦虑的状态。在这段具有意识流特点的独白末尾，芭芭拉回想起和亚当结婚之初的一段对话：“我说对了我们打算要几个孩子你想要几个就要几个他说准保生活幸福你等着瞧好了也许会的我说也许会非常幸福也许即使和你想象的不一样也许那也没关系也许。”（BMIFD 192）这段对话中充满着未来美好生活的愿景。但是，其中一系列的“也许”却增加了许多不确定性。如此看来，愿望和现实之间的分离产生了反讽效果，更为深入地展现出芭芭拉内心对感情生活的界定：这一段建立在良好愿望之上的婚姻生活虽然充满了压力和焦虑，但不缺少关爱。

在洛奇的校园小说《小世界》中，作者将反讽作为核心叙事模式之一。这一创作手法已受到诸多研究者的关注。苏晖曾对《小世界》中的反讽进行了全面的分析，指出其中具有丰富的典故反讽、情境反讽、语言反讽和人物反讽。小说的书名《小世界》源于歌德的长诗《浮士德》。魔鬼带领浮士德在小世界中漫游，向他展现声色犬马的花花世界。洛奇的小世界则指学者们的世界，他们在其中追名逐利，渴望浪漫的爱情。作者通过运用二元对立结构确定了小说的反讽基调，并将研讨会和朝圣作比较，对学术界不良风气进行讽刺。

苏晖的研究也涉及由小说二元对立项引发的对比而形成的反讽：古代圣者的朝圣可谓是虔诚的，无关身外之物，而文中与此作比较的当代学者对学术研讨会的追寻，却另有含义。作者“把当代学者比作古代漫游世界中寻求冒险与光荣的游侠骑士，把学者们参加现代学术研讨会比作中世纪的基督徒朝圣”（张琦，2003：71）。通过描写骑士对圣杯的追寻与现代学者们频繁参与“朝圣”式的研讨会，洛奇将圣杯传统与学院派小说联系在一起。纵然它与朝圣有着类似的形式，内涵却截然不同。他们所追寻的，不是学术研究，而是名利。这是一种具有隐喻特征的创作手法，通过使用这种写作手法，洛奇的故事构架具有很强的叙事性和情节张力。他所描述的，不再是单一的人物和故事，而是具有互文性的回声式片段。张琦引用了洛奇文章中的一段话来解释为什么会在这部校园小说中采用基督教传奇故事的叙事方式：

> 基督教传奇中亚瑟王圆桌骑士寻找圣杯的故事，是古老的异教祈丰仪式的一种翻版，其宗教仪式的核心是关于一个阳痿的国王和他贫瘠的王国的神话。这一主题曾触发艾略特关于现代世界性生活

和精神生活贫乏荒芜的想象。当代学者在学术和爱情上所遭遇的挫折失败以及他们不知疲倦地追名逐利，也与这个传奇有某种内在的相似性。（张琦，2003：72）

洛奇将圣杯传奇的故事构架与当代学者的情状进行连接，用基督教传说的框架来构建世俗化内容的故事，在一定程度上显示了作者融合宗教与世俗的努力，也凸显出作者的创作意图，即二者间具有相同之处，可以进行合并叙事，“洛奇在描写学者的小世界时，是对圣杯传奇的‘寻找’主题进行了戏拟，通过‘古代骑士的纯洁与现代世界的污浊’两者间的对比，有力地批判了现实”（张琦，2003：72）。比较的目的在于展现不同人物的不同追求，进而实现“对学术界的广泛讽刺”（Moseley，1991：85）。洛奇将朝圣（圣杯追寻）的形式与追名逐利的内容并置在一起，将古代罗曼司中对圣杯的追寻外化为世俗意义下的追寻，二者之间的间离营造出丰富的反讽意蕴。

有评论家指出：“一部具有艺术价值的文学作品，从不轻易地展现它的内在含义，而是像乔伊斯或艾略特的作品那样，以独特的方式使读者积极地进行参与，挖掘各种隐蔽的意义。”（王逢振，2007：3）在《小世界》中，洛奇的反讽叙事将读者纳入生成文本意义的阅读活动中，并“根据文本和自己的意识投射建构新的意义，从而获得一种审美活动的享受或快感”（王逢振，2007：4）。在小说开篇，洛奇援引了乔叟《坎特伯雷故事集》的开头并加以戏拟，赋予了小说反讽的基调：

四月，甘霖阵阵，把三月的旱魃连根拔去。每一寸土地都被晶莹的液体滋润着，百花盛开，争奇斗艳。西风带着清香，给嫩枝初展的灌木丛和石楠丛生的黄叶注入生机；早晨的太阳走完白羊宫一半的旅程；安睡的小鸟睁开双眼，放开歌喉；那时候，正如许多年前杰夫里·乔叟所写的那样，人们渴望着去朝圣。而在今天，学者们把它称作开研讨会。（SW 1）

在小说的序曲部分，作者描绘了一个春意盎然的世界，然而很快，笔锋一转，乔叟笔下明媚的四月忽然变成了艾略特眼中的荒原，“四月是最残忍的月份”（SW 1）。同样是早春四月天，却有了两种截然不同的意象。作者的意图在于强调这场研讨会的冷清，为情节的发展设置前景。之所以说四月是残忍的，是因为这场召开于四月的研讨会毫无乐趣：“（与会者们）已欣赏过那些肮脏和破旧的家具，看了里边满是尘土、没有挂衣钩的壁橱，也检验了那些狭窄的床铺。”（SW 2）残破的生活设施和难以下咽的餐食使得参加会议的各位学者教授没有了泉涌般的文思。互文性的引入在文中合成了反讽因子：与古人朝圣之旅相似，现代学术研讨会亦具有朝圣的形式，然而与之相异的是，相较于中古时代的朝圣，当今的“朝圣者”对精神已然毫无兴趣，吸引他们的只是物质条件和参会人员的交际关系，而任何有可能影响心情的细节都会对他们的关注点产生干扰。

人物姓名的戏仿也是《小世界》的典型特征之一。小说中的主人公伯斯的名字源于圣杯传奇中的帕西法尔（Parsifal），那是一个“天下之至愚”的山村少年，后来却成了众骑士的首领，他的姓“麦克加里格尔”意为“超级勇士之子”。然而，在《小世界》中，伯斯却是一名普通的英国文学讲师，过着风平浪静的生活：“伯斯，皮尔斯，皮伊尔斯——如果它们都和帕西法尔有关，我也不会觉得惊奇的。就像乔伊斯可能会说的那样，本身是帕西法尔。”(SW 11) 主人公的姓名与传统文学中的勇士有相同之处，但也仅此而已。他的性格和经历都与“勇士”“骑士”毫无关联。可以说，作者对于小说人物姓名的选取均带有一定的叙事目的，将具有伟大传统的名字赋予普通的人物这一做法本身便是为了达成一定的反讽目的。在小说最后，伯斯发现，自己和安吉利卡的未婚夫有着相同的姓氏“麦克加里格尔”。这是作者蓄意为之的“巧合”，亦带来反讽的叙事效果。除此之外，亚瑟·金费舍尔这一姓名的戏仿与其原意之间的悖立也凸显了人物的性格特征，金费舍尔明显是“渔王”（Fisher King）的翻版。“渔王”是艾略特《荒原》中的神话人物。他与圣杯传说密切相关。渔王是掌管繁殖力的神，但他的衰退导致了荒原的产生，只有圣杯才可以让一切恢复生机。小说中的亚瑟·金费舍尔是学术界权威人物，虽然已经退休，但为了追名逐利，他依然活跃在学术界。然而，终日忙于研讨会、出版社和学术刊物的他却不得不承认：他苦于缺乏新思想，与此对应也就失去了应有的冲动。这与《荒原》中的渔王的衰退如出一辙。在这种戏仿性比拟中，作者指出荒原存在的根本原因：泛泛的追寻不能带来思想上的繁荣，极易导致信仰的崩塌。

除去结构上对传统圣杯追寻主题的戏仿之外，《小世界》中亦有着对经典文学作品的戏仿，主要包含了对乔叟的《坎特伯雷故事集》和艾略特经典长诗《荒原》的戏仿。小说开篇，伯斯坐在会场中低吟“四月是最残忍的月份”。这是《荒原》第一章《死者葬仪》的第一句。艾略特借此表达了对生命力的喟叹，荒芜的土地上，丁香却仍然在努力生长。然而，伯斯是因为会务所安排的简陋食宿，加上倒春寒的天气，吟出了这一句诗。会议的第二天，伯斯未能在会场上遇见他心仪的女孩安吉利卡，再一次咕哝出这句诗。艾略特原诗中充满精神的诗句，经过戏仿之后却具有了很强的喜剧性。在这种对比中，反讽的意味呼之欲出，也呼应了本书的主题：走下神坛的大学校园虽然仍具有神圣的架构，其内里却几乎世俗化了。

在洛奇的天主教小说中，戏仿亦是作者经常运用的手法。在小说《看电影的人》中，天主教教理问答是戏仿的主要对象。小说开篇，当电影院经理伯克利先生面对着颇为萧条的影院，独自缅怀逝去的美好时光时，作者插入了对教理问答的戏仿，将其改编成“影院经理问答”：

> 问：盈利或亏损以什么为准？
>
> 答：冰激凌。
>
> 问：那么，我的生计依靠什么？
>
> 答：冰激凌。
>
> 问：那么，所有快乐的源泉是什么？
>
> 答：冰激凌。（TP 11）

这段问答是教理形式和世俗内容的混杂。洛奇用与影院生意密切相关的元素置换了原教理问答中的宗教形式，在二者的间离中反讽性地再现了后现代社会中天主教的边缘化问题。在天主教教义中，快乐的源泉与上帝的恩惠密切相关，然而在这里，却被世俗娱乐的代表"冰激凌"所取代。在小说《天堂消息》中，同样有着对教理问答的戏仿。当伯纳德坐在飞往夏威夷的飞机上，反思自己过去四十年的生活时，他的内心独白通过教理问答形式展现出来：

谁创造了你？

天主造我。

天主为何造你？

天主造我，是为了在今生了解他，爱戴他，侍奉他，在来世同他永享福祉。

……

你从什么时候开始不再信仰这位天主？

也许是我在接受圣职之前学习的时候。肯定是我在圣埃塞尔伯特执教的时候。实在是记不清了。

……

那你信仰什么样的天主？

信仰作为"我们生存之本源的天主"，作为"终极关怀"的天主，作为"世间来世"的天主。

……

那你具备这个意义上的宗教信仰吗？

不具备。我希望自己有，也曾经以为自己有，但是我错了。（PN 56）

作者用教理问答的形式再现了伯纳德的内心独白。天主教所宣传的天主造人的目的，是为了天主，而非世人。宗教虔诚的最终目的，是为了来世，而非今生。但是在世俗社会中，这种着眼于来世的信仰并不能让所有人信服。因此，强调此世，而非来生，应当成为天主教关注的重点。自幼接受天主教教育的伯纳德对天主教的质疑本身便具有反讽意义：正因为他对天主教的教义和圣经的阐释了如指掌，才导致了他开始质疑其中的核心理念。在内心深处，他仍然希望能够拥有精神信仰。他愿意臣服的天主，是作为“世间今世”而非“未来来世”的天主。这也从侧面重申了洛奇对天主教的观点：作为精神信仰的天主教不应仅仅着眼于虚无缥缈的来生，更应关注信徒在此世的生活状态。作者所运用的戏仿在嬉笑怒骂中触及了世俗化社会中天主教的问题所在，也更为深入地阐明了天主教世俗化进程的必要性和紧迫性。

2. 互文中的反讽

受巴赫金“狂欢化”理论的影响，法国符号学家克里斯蒂娃提出了“互文性”理论，强调文本的意义与文本间的互动性有着密切的联系，指“任何文本与赋予该文本意义的知识、代码和表意实践之综合的关系”（丰云，2015：56）。洛奇曾经指出，互文性是“用一种文本去指涉另一种文本”（转引自李梅英，2008：115），所运用的主要手法以戏仿和平行结构为主。作为一名有着强烈自觉意识的文学评论家兼小说家，戴维·洛奇在他的小说创作中多次运用互文性手法，这不仅加强了与其他作家文本的互动性，也实现了文本内的互文性。这一特征在他的“校园三部曲”中表现得尤为明显。“研究者已发现了《小世界》中互文性运用的主要方式和文本效果，认为这一手法体现了作者对腐化和堕落的当代西方学界的无情嘲讽。”（李梅英、孙明丽，2008）同时，在这部小说中，通过对“颇具代表性的滑稽模仿、直接引用、平行结构三个层面”进行分析，可以看出“文学主体在处理现实与审美的关系上所运用的艺术手法及其效果”（刘萍，2004）。除此之外，“《小世界》《幸运的吉姆》和《亚瑟王之死》具有互涉关系及各自的建构功能……是一部能够建构多种互涉关系的小说，互文性解读揭示了它高超的艺术手法和思想性……互文性解读模式对于文学作品的解读具有一定的意义”（尹雅丽，2006）。“戴维·洛奇的小说文本、理论文本以及社会文本之间存在着互文性关系。”（徐一渌，2011）这些研究均从文本形式、文本间互文、文本与社会间互文的角度，对《小世界》的互文性进行了详细的分析。以此为起点，本章着重分析《小世界》中的文本间互文性所具有的反讽意义，以及由此引发的多维对话。

在小说的“按语”部分，作者引用了如下段落：

> 天上诸神，疾驰过海，初衷不改。（贺拉斯）
>
> 如果一个作家把自己的作品称为罗曼司，几乎无须说明，他在作品的形式和素材方面都希望得到某种自由；但如果他声称自己写的是小说，就会感到无权享此自由。（纳撒尼尔·霍桑）
>
> 嘘！小心！回音乡！（詹姆斯·乔伊斯）（SW 按语 2）

作者把这段原文拼贴入小说文本之中，其目的不言自明：引文的内涵与小说的本意间必然产生映射关系，推动了互文性的产生。引文中提到，浪漫传奇小说在一定程度上赋予了作者选题的自由，而小说作者则无权享有此类自由。具有反讽意义的是，《小世界》的副标题恰恰是“学者罗曼司”，可谓是小说题材与罗曼司主题的结合，有着灵活多变的表现形式和丰富的主题内涵。洛奇却在这里阐明这一切都不是作者自由选择的结果，实则是对虚构小说中人物的独立性和文本的对话性的强调。接下来，作者又提到，漂洋过海的人们，虽然更换了生活的环境，却并没能改变他们的内心。这一引文隐匿性地指涉了小说的主题：虽然学者们以研讨会之名进行着环球旅行，却并没有改变他们固有的想法。这也是小说中的主线之一：现代交通和通讯工具的普及将高校变成了环球大学，但却并没有改变人们的思维模式，当这种思维模式与文化差异相关联时，便产生了反讽意蕴。

除了直接将引文作为“题记”植入文本之中，作者亦提到创作灵感的来源。在按语中，洛奇明确提到两部给予他灵感的书。“我从许多著作中获得了写这本书的启示、构思和灵感……有两部著作需要在此特别提及，它们是帕特里西娅·A·帕克尔的《无可避逃的罗曼司：诗学模式研究》和布里安·莫伊纳罕的《国际空港》。”（SW 按语 1）不可否认，它们都对小说互文性的出现产生了积极的作用。《无可避逃的罗曼司：诗学模式研究》在小说文体方面对《小世界》产生了互文性影响，而《国际空港》则促使洛奇将机场、飞行和旅行的元素纳入小说的整体架构之中。在小说的引子部分，作者明确提到《小世界》开头部分的灵感来源：

> 如今几乎任何东西都有研讨会，包括杰弗里·乔叟的作品。假如乔叟像他的英雄特洛伊罗斯在《特洛伊罗斯与克瑞西达》的结尾处那样，从八重天上俯瞰一彼小小寰球，为沧海所环抱。（SW 1–2）

正如特洛伊罗斯可以俯瞰被大海环抱的寰球一样，第三人称的全知叙述者可以在虚构文本中俯瞰所有的人物，在一个类似“喷气式飞机”的高度环顾文本的小世界。如此，这段引文被赋予了引领式的互文性意义，凸显了小说叙述者具有优于小说人物的全知视角，与前文中提到的小说作者所不具备的自由度产生了矛盾性的反讽张力，实则为作者借助互文性映射对小说的对话性的探讨。

通过插入外部文本实现构建互文性的方式不仅出现在小说的引文、题记等部分，在小说叙事过程中也多有提及。在伯斯追寻安吉利卡的途中，他有一个夜晚躺在户外的干草堆上，看到一个小小的人造通讯卫星正在大西洋上空运行，这一景象让他想起了一首浪漫爱情诗。他大声背诵道：

> 光辉的卫星哟（原文是星星）
> 但愿我像你这般坚定不移。
> ……头枕在我美丽爱人成熟的胸脯上
> 永远感受它那温和柔软的起伏
> 在一种甜蜜的不安中永远醒着，
> 静静地，静静地倾听她柔和的呼吸
> 就这样永远活着——不然就此气绝。（SW 167）

诗歌中所描绘的是两情相悦的甜蜜，热恋中的两人希望时间能永远停留在如此静谧而又美好的夜晚。然而，躺在干草堆上的伯斯却是一厢情愿的单相思。

在这两者的对比和差异中，反讽效果应时而生，隐匿性地表明了伯斯的爱情终将是无处安置的。

在小说《美好的工作》中，作者在开头部分插入了一段文学文本作为前言。这些有意挑选出的节选段落不仅增强了文本间意义的相互指涉性，亦将具有后现代特征的实验性写作技法融入其中。在第一部分之前，作者引入了夏洛蒂·勃朗特《谢莉》的引言部分：

> 如果您认为……我为您准备类似罗曼司的东西，读者您就大错特错了。您预想到了感伤、诗意和幻想吗？您希望看到激情、刺激和浪漫喜剧吗？让您的热情冷却下来吧，将它缩减到最低限度。摆在您面前的是真实、冷静、严肃的东西；它没有那么罗曼蒂克，就像星期一的早晨一样，要去上班的人们一觉醒来时知道，他们必须马上起床上路。（NW 1）

《谢莉》是夏洛蒂·勃朗特最具代表性的作品之一。其成书背景为19世纪初发生在欧陆的拿破仑战争和1812—1815年的英美战争，描述了在战争和工业危机的影响下毛纺厂工人和工厂主之间的矛盾。《美好的工作》则以20世纪70年代的英国为主要背景，展现了后工业时代中高校与工厂、文学与工业之间的矛盾和冲突。这种将看似毫无关系的二元并置在同一叙事空间中的做法产生了反讽效果。二者看似没有实质性的关联，但是洛奇所引用的文本却点明了小说的主线冲突：与文学相关的浪漫、激情和传奇都超脱于现实生活，而对于工厂和工人而言，摆在面前的则是实实在在的工作，它没有一丝感情色彩，让人感到僵硬和寒冷。洛奇以此为基础，展开了对文学与工业间关系的探究。

在这部小说第二部分和第四部分的开头，作者引入了盖斯凯尔夫人《北方与南方》中的片段。不难看出，玛格丽特与洛奇笔下的罗宾颇有相似之处，她们一开始都对工厂和工业毫无兴趣：

桑顿夫人停顿了片刻，接着说："你们对密尔顿有所了解吗？黑尔小姐？你见没见过我们的哪一座工厂？我们巨大的仓库？"

"没有，"玛格丽特说，"我们还没有见过那种东西。"

随后她又觉得，由于掩饰她对那种地方的全然冷漠，她几乎没说真话，因此她接着说："我敢说，如果我想去的话，爸爸早就带我去过了。不过我还真没法在参观工厂的过程中找到多少乐趣。"（NW 81）

出身于南方牧师家庭的玛格丽特从小在田园诗歌般的环境中长大，内心浪漫，具有温情，对冷冰冰的机器和喧嚣的车间感到索然无味。读者不难发现玛格丽特与罗宾间的关联。作者此举不仅表明了文学文化与工业间的间离由来已久，更促进了反讽叙事效果的产生：虽然二人分属不同的时代，但她们有着类似的思想和经历。对工业或工厂由一开始的抵触、排斥到最后的包容，以及对工厂主亦由最初的反感到最后的接纳。纵然我们并不能提前预知罗宾以后的经历，玛格丽特的经历已然成为一种预示。

三、文本拼贴

文本拼贴指将互不相关的文体或素材并置到同一文本之中，以产生新的叙事效果。文本拼贴具有很强的碎片化特征，是后现代小说的突出特点。在戴维·洛奇的小说中，文本拼贴是他惯用的写作手法之一。将不同的文学体裁甚至是非文学体裁并入小说文本之中，实现了异质间的碰撞和交流。它们之间的冲突和互动亦为反讽叙事的产生奠定了基础。总体看来，作者所选取的文本拼贴素材形式多样，以信件、明信片、广告、论文、发言稿等为主，看似杂乱无章，实则为叙事提供了不同的视角，在戏谑和反讽中呈现出深刻的人文关怀。

关于洛奇天主教小说中的文本拼贴，在《冲突·对话·妥协——戴维·洛奇天主教小说中宗教与世俗的关系研究》中已有详细的分析，在此不再赘述。

以文本拼贴为主要特征的文体反讽不仅存在于洛奇的天主教小说中，在其“校园三部曲”中亦有迹可循。《小世界》是一部以学院生活为主题的小说。作者以学者们参与学术研讨会为主线来构建情节，运用文本拼贴的方式插入了学者们的各类论文。它们的核心意义与人物性格之间的反差造就了丰富的反讽意蕴。

尤州大学的莫里斯·扎普教授在一篇名为《文本性有如脱衣舞》的论文中，大肆谈论对文本终极意义的追寻是不可能实现的，没有意义，无论多么努力地挖掘文本的意义，到头来找到的不是意义本身，而是寻找人自己。他援引了亲身经历作为强有力的论据来说服听众。作为曾经的简·奥斯丁的研究者，他出版了多部从不同角度研究简·奥斯丁的著作，涵盖了文学理论的绝大多数方向。然而，如此多的科研成果并不能证明他的研究已然找到了文本的终极意义。扎普教授对此类研究着迷的根本原因，不是对文学阐释的执着，而是金钱和名望的诱惑。洛奇借此表达了对那些为了追名逐利而不惜“语不惊人死不休”以博人眼球的学者的讽刺，而寻找文本的终极意义绝不可能是文学研究的唯一目的和最终归宿。与成果丰硕的扎普相比，陷入笔涩的罗德尼·温赖特正在硬着头皮完成一篇写不下去的论文：“因此问题是，当文学话语本身通过解构传统意义上的作者概念或权威概念而失去中心时，文学批评如何能保持阿诺德所说的作用，辨明已想和已说的最好的东西？”（SW 95）温赖特的论文写到这里戛然而止。这篇为了去参加研讨会而拼凑的论文让他感到难以继续，但是为了“到现代批评思想的源泉去充实自己，进行有益和有影响的接触，从而增添一点他在学术上的荣誉、声名和成就”（SW 95），他不得不在这篇论文上花大量的时间。而他真实的目的，并不是为了充实自己，学习先进的理论知识，而是期望凭借这篇论文和外出交流的机会，为他在悉尼或墨尔本的大学谋得一个教授的职位，离开他难以忍受的小城镇库克敦。在这里，围绕着表象意图与真实意图之间的间离产生了反讽效果。随着时间过去，他的论文没有任何进展。洛奇插入了一段隐喻性叙述来描述人物心理：

> 撑竿跳高运动员一时悬在空中，他的脸憋得通红，眼珠突出，肌

肉痉挛，竿子在他的重压下几乎弯曲到折点，横竿离他的鼻子只有几寸之隔。接着是彻底的崩溃：撑竿断了，横竿掉了，运动员摔下来，四肢像连枷一样打在地上。罗德尼·温赖特垂头丧气地趴在桌上，双手捂着脸。又一次垮了。（SW 161）

从表面上看，这段描述似乎与温赖特写论文的过程没有交集。然而，其中隐含的意义却有着丰富的反讽意蕴。洛奇并未直接描述温赖特多次尝试撰写论文未果的感受，而是借用对跳高运动员的描述侧面描写。正如撑竿在运动员的重压下断裂一样，温赖特的努力也再次宣告失败。无法完成的论文一如运动员无法完成的跳高动作，那根横竿隐喻性地指涉温赖特要完成论文这一目标，它终将是温赖特无法到达的高度。他的焦虑如影随形，直到会议发言时，他还是没能完成这篇论文。当他正为如何撑满五十分钟的演讲而焦虑不安时，他的发言忽然被打断了："对不起……我们得到了一个让人十分不安的消息。菲利普·史沃娄好像被怀疑得了军营流行病。"（SW 347）这个颇具喜剧色彩的结局让温赖特如释重负，讽刺性地揭示出温赖特的学术之路必然无果。

《小世界》的副标题是"学者罗曼司"，这不仅仅指叙事结构有戏仿罗曼司的成分，亦指在叙事过程中，作者多次插入关于罗曼司的讨论以参与文本意义建构。在小说结尾，作者借安吉利卡的视角，对罗曼司进行了分析。这篇论文与小说开篇莫里斯·扎普的论文有着异曲同工之妙。作为被拼贴的非小说文体，这段论文具有丰富的反讽意蕴，其反讽性来源于其中的戏仿和讽拟性论述：

罗兰·巴特已经教给我们关于叙事与性行为之间、肉体快乐与"文本愉悦"之间的密切关系，但是，尽管他对性别有种矛盾心理，他还是以一种过于男性化的形式发展了这一类比。根据罗兰·巴特的说法，古典文本的愉悦是一种性爱前奏。它存在于读者的好奇心和欲望之中——渴望谜的解开、行动的完成、对美德的奖赏和对罪

> 恶的惩罚；它不断挑起这种好奇心和欲望而又不断拖延对它们的满足。按照这种模式，在叙事中我们愉悦的二律背反就是：一方面，“知”的需要促使我们完成叙述，而那种需要的满足又带来愉悦的终止，正如在精神恋爱中对对方的占有扼杀了欲望一样。史诗和悲剧必然向前发展到我们所谈的绝不是偶然的高潮……相形之下，罗曼司有着不同的结构方式：它不只有一个高潮，而是有许多高潮——文本的愉悦一次接着一次……叙事的问题一张一合，一张一合，而且这一过程基本上无休无止。（SW 364）

这段拼贴的小说文本与前文中提到的扎普教授的论文《文本性有如脱衣舞》有着异曲同工之处，均强调肉体愉悦与文本阅读过程中获得的愉悦有密切的联系，认为阅读过程中愉悦的获得源于读者的好奇心和挖掘文本深层意义的欲望。这种比对中所蕴含的反讽意蕴源于其悖逆性：欲望生成愉悦，但这种愉悦却最终指向阅读过程的结束，在结束时获得的愉悦最终会达到唯一的高潮。但是，与这种阅读过程相异，罗曼司的高潮此起彼伏，无休无止。这段论述不仅生成了拼贴形式的文体反讽，还营造出元小说的叙事效果，隐匿地指涉了《小世界》作为现代罗曼司的变体，所具有的迭次性高潮以及由此引发的叙事反讽。

在小说《美好的工作》中，作者多次插入了女主人公罗宾的讲稿，将其作为文本拼贴的主要形式。在罗宾对小说的分析和她的生活经历之间，有着十分明显的间离，由此产生了喜剧性的反讽效果。作为工业小说的研究者，罗宾对工业的认知主要源于文学作品，而缺乏实际的生活层面的了解。从哲学理论的角度看，罗宾认为：

> 对于他们小说里所描写的社会问题，工业小说家们无法想出政治上的解决办法，他们对小说人物个人的困境，只能提供叙事上的解决办法，而这些叙事上的解决方法总是消极的或躲躲闪闪的……简言之，所在维多利亚时代的小说家给工业资本主义弊病所开的药

方都是：一份遗产、一桩婚姻、移民或死亡。（NW 71）

罗宾指出，小说家所提出的解决办法不具备普适性，因为它是一种非政治性的解决方法。一笔遗产，一桩婚姻，只能单方面地解决个别人物所处的困境，却不能从根本上解决由工业资本引发的问题。当工业小说家在作品中再现这些问题时，无产阶级的先锋马克思和恩格斯正在构思具有开创性的著作，从政治的角度提出了解决问题的方案。然而在小说结尾，作者插入了一段具有反讽性的情节，凸显了理论与实际的差异：当罗宾最后陷入困境，在求职和继续等待教职这两个选择间举棋不定之时，让她摆脱困境的方法恰恰是她叔叔留给她的遗产。作者在文本中插入了罗宾对工业小说的诸多分析，在协助塑造人物性格的同时，也揭示了作者对小说与社会现实间关系的思考和探求。除此之外，洛奇还在文本中插入了查尔斯写给罗宾的信件，从侧面再现了二者的关系在受到金融资本和社会现实冲击后所呈现出的摇摆不定的状态。当查尔斯接触学院之外的职业——金融投资时，这种全新的职业很快吸引了他。他不惜放弃一切，包括与罗宾的关系，去追求理想中的新事物。在小说中，作者插入了一封信来说明查尔斯离去的真正原因：

> 我将成为一名钱商……我感到自己成为一个全新的人……不只是钱让我做出这个决定，尽管我的确已十分厌倦总是入不敷出，捉襟见肘。更重要的是，作为一个大学老师，特别是作为萨福克大学的老师，我感到自己已经搁浅在过时的意识形态的泥滩上，被历史的潮流甩在了后面。（NW 302）

查尔斯在这封信中对当代的大学教育体制进行了批判，认为自己虽然是研究先锋理论的大学讲师，却在现实社会中被边缘化，微薄的收入不足以支撑他的生活。他对后现代的诸多理论都耳熟能详，但“给那些刚入校的年轻人教后结构主义，就是一种讽刺……他们识别不出任何有语病的句子，背诵不出任何有节奏的诗句。我们却要在他们刚入校第三周去教他们能指的任意性，这种讽刺最终变成了不可忍受的痛苦”（NW 305）。罗宾认为，这封信里“有些东西碰到了她不愿认同的痛处，又夹杂着一些她认为虚假可憎的东西”(NW 306)，让她感到十分愤怒。这其中的反讽主要体现在罗宾对真实情况的心照不宣中：虽然她也明知抽象的文学理论和分析在社会现实面前显得过于理想化，也认可现在的年轻人已然受到了社会生活中的诸多诱惑而将她引以为傲的文学和批评理论置之不顾，却无法接受查尔斯如此直接的陈述。

在《换位》的第三部分，洛奇亦将信件作为文本拼贴的主要内容之一，在小说文本中直接插入了菲利普、希拉莉、扎普和德丝丽的往来信件，以及报纸头条和摘要。从这些来往的信件可以看到希拉莉和德丝丽对扎普不同的评价，以及他们对同一件事情的不同看法。这种差异性是衍生反讽的必要条件。德丝丽在写给扎普的信中对他的示好毫不领情，直言让他打消和她重归于好的念头，因为她已经无法忍受继续和他共同生活在同一屋檐下，无法继续忍受他的所作所为。然而在希拉莉眼中，他只不过是一个渴望家庭温暖的可怜人，很讨孩子们喜欢，了解孩子们喜欢的流行音乐，只是行为举止欠妥当：“他粗鲁地说了声再见和一个简短的谢字，便冲出房子，走进漫天的暴风雪中去了。”(CP 134) 菲利普得知希拉莉让扎普在家中用餐，并和孩子们在一起待了很久，颇为担心：“坦白地说，我听到关于他的事越多，就越不喜欢他……事实上，凡是涉及女人，这个男人毫无原则……他对于像阿曼达这样正处于青春期的小女孩，可能会产生潜移默化的腐蚀影响。”（CP 135）菲利普对扎普的认知主要源于他人的陈述，这同希拉莉的认知有明显的差异。与此同时，德丝丽也在信中表述了她对菲利普的看法：他的外貌并不出众，“菲利普·史沃娄大约六英尺高，体重我看在一百四十磅左右，也就是说，他又高又瘦，而且有点佝偻。他的头往前探着，就好像一不小心太容易撞上低矮的门框。他的发质就像一团没启用的布瑞罗牌钢丝擦，双鬓的头发已经严重稀疏了……一双眼睛长得不错。牙齿乏善可陈”（CP 139）。在德丝丽看来，菲利普的外貌并没有什么过人之处，而他的一些做法更让她觉得难以置信。在信中，德丝丽提到菲利普在一次酒会上，教给大家一个他自己发明的游戏：

> 名叫“丢面子”。我明白告诉他，我嫁的正是丢面子世界冠军，可他说不，这个游戏要通过让自己丢面子来赢分。大概的玩法是：每人说出一本自己不曾读过，但认为别人读过的书，如确有人读过，就可得一分。（CP 140）

霍华德在游戏中承认，他没有看过《哈姆雷特》。“我们全都笑了，但没有哄堂大笑，因为看上去不太像玩笑话。霍华德承认看过劳伦斯·奥利维耶演的电影，却一再说从未读过《哈姆雷特》。”（CP 141）三天以后，霍华德得知自己没有通过终身教职的评审，“同仁都认为是因为英文系不敢把终身教职授予一个公开承认没读过《哈姆雷特》的人。事情当然传遍了整个校园，《尤州州大日报》上甚至还有一段暗指这件事的文字”（CP 141）。为了赢得这个游戏，霍华德坚称自己从未读过《哈姆雷特》，对英文系的教授来说，这是一件不大可能发生的事情，但在他的一再坚持下，众人认可了这一事实，却直接导致他失去获得终身教职。本来作为娱乐项目的游戏却对现实生活产生了意想不到的影响，反讽效果因此达成。

在《换位》的第四部分“读报”中，围绕着发生在美国大学校园里的抗议事件，作者插入了《尤州州大日报》《鲁米治晨邮报》等杜撰的报纸新闻和学生传单，从不同的角度建构这一事件：

> 访问教授和学生获释
>
> 菲利普·史沃娄教授，来自英国的英语系访问学者，是上周六被控偷窃布坎南街拆迁场地上的旧砖瓦而被捕的十六个人之一。这十六个人大多数是尤福利亚的学生，对他们的控诉昨天被柏罗丁地方法庭撤销，因为砖瓦的主任乔·马蒂森先生拒绝签署控告。菲利普教授的一些学生聚集在法庭门外，看到他笑着走出来的时候，他们欢呼雀跃。
>
> “我以前从未被捕，”他说，“这是一次难忘的经历，不过我可不想重蹈覆辙。”（CP 162）

然而在菲利普·史沃娄的自述中，他远没有如此潇洒。据他所言，一个星期六的下午，他从市中心购物归来，在路上遇到了自己的学生韦力·史密斯和其他三个年轻人。菲利普提出开车送他们去“花园”，于是他们把砖块放到了他的行李箱里。当史沃娄靠近“花园”时，这些年轻人发现警察就在周围，便下车四散逃去。警察“冲着手握方向盘，吓得呆若木鸡的菲利普走过来”（CP 197）。警察打开了他的行李箱，在里面发现了大量的砖块，查验证件时，菲利普拿出了他的教师身份证和英国驾驶证，“前者招来一通批评教授纵容学生侵犯产权的训斥，后者则招致无声的怀疑”（CP 198）。菲利普无法说明砖块的合法来源和学生的通讯、住址详情，于是警察将他逮捕。他被关在一个“没有窗户、让人窒息的陋室里……并受到严厉警告，不许损坏公物……他被搜身……然后被关了半个小时禁闭，让他反省。接着他们把他提出来，并盘问登记……一次非常难看的经历”（CP 198）。当他失去了尽快离开警局的希望时，德丝丽在傍晚七点把他保释出狱，“他拉拉杂杂、语无伦次地向她讲述了事情经过……”（CP 199）。在整个过程中，菲利普远没有报道的那样潇洒、自如，而是表现得无奈、恐惧和不知所措。菲利普的自述与拼贴的报纸摘要间有着明显的差异，这一差异不仅凸显了喜剧效果，更是反讽得以产生的必要元素。媒体需要对此事进行有利于学生和教师的宣传，因此他们需要对事件本身进行改写性叙述，从中塑造了一个处变不惊、成熟稳重的具有领导风范的菲利普，以此作为对抗的中坚力量。在不知不觉中，菲利普成为了学生活动的领军人物，对其之后的身份认同和建构亦产生了一定的影响。然而此刻，在英国的鲁米治的大学，也发生了学生静坐抗议活动，被交换到鲁米治大学的扎普教授被认为是调停工作的最佳人选。洛奇在小说中插入了如下的报纸摘要：

鲁米治教师建议调停

鲁米治大学非教授衔教师协会建议，提名一个调停人主持大学当局和学生执委会之间的谈判，争取结束静坐抗议。今天早些时候，学生们投票决定继续静坐。莫里斯·扎普教授，来自美国（尤福利亚州州立大学)的访问教授，被认为是调停工作的一个合适人选。

——鲁米治晚邮报(CP 171)

与英国对传统的恪守不同，美国的生活充斥着所谓的民主、自由和激进的思想，这对菲利普的人格和身份产生了意想不到的影响。在英国时循规蹈矩、生活波澜不惊的菲利普到了美国却成为了学生运动的核心人物，这一反差在文本中形成了反讽性的意义空间，凸显了人性的复杂性和多面性，强调了环境对个体身份建构所起到的正向作用。可以说，菲利普的变化是他内在的“隐形自我”凸显的结果。

四、复调和元小说中的反讽叙事

作为小说叙事具体表征形式的复调和元小说与反讽叙事有着密不可分的联系。根据巴赫金的定义，复调小说是指“有着众多的各自独立而不相融合的声音和意识，由具有充分价值的不同声音组成真正的复调……不是众多性格和命运构成一个统一的客观世界，在作者统一的意识支配下展开；这里恰是众多地位平等的意识连同他们各自的世界，结合在某个统一的事件之中，而互相间不发生融合”（巴赫金，1988：29）。复调小说的基本特点便是人物声音与作者声音的和而不同。与以往的独白型小说不同，作者声音不再一统天下，作者意识亦不再是人物意识的导向，由此，作者和人物之间形成了平等对话的关系。在这种关系中，主人公的意识不再依赖于作者意识而存在。主人公的独立性是复调小说对话性得以生成的基础。总体看来，复调小说的特点是：“第一，复调小说的主人公不只是作者描写的客体或对象，他并非作者思想观念的直接表现者，而是表现自我意识的主体；第二，复调小说中并不存在一个至高无上的作者的统一意识，小说不是按照这种统一意识展开情节、人物命运、形象性格，而是展示有相同价值的不同意识的世界；第三，复调小说由互不相容的各种独立意识、各具完整价值的多重声音组成。”（余向军，2004：184）由此看来，复调小说赋予了主人公和人物独立的思想意识，作者不再是文本的最高组织者，他弱化为一个视角，一位旁观者。作者声音的隐退和人物声音的前置实现了矛盾性的对举陈述，成为反讽叙事的悖逆性缘由。

不仅如此，在复调小说的创作过程中，其共时性空间并置模式亦为反讽叙事营造了文本空间："复调小说的空间结构形式最擅长的就是将看起来毫不相关的，缺乏表面逻辑联系的事物予以并置，从而产生浓郁的反讽意味。"（佘向军，2004：189）在复调小说中，为了凸显不同人物的声音，洛奇往往会从不同人物视角对同一事件进行描述，其中的矛盾和对立具有明显的反讽特征。同时，作者亦多次将复调小说的讽拟体纳入叙事过程之中。本意和原意之间的冲突是反讽的主要构成基础，在戏仿和嘲弄中凸显出反讽叙事的悖逆性。

除了复调小说，元小说的运用亦成为实现反讽叙事的主要手法之一。简言之，元小说（metafiction）是关于小说的小说，指在文本中插入对小说创作过程、创作意图等的评价。这种创作手法打破了传统叙事框架，将作者的声音直接插入文本之中，营造出具有杂语性和复调性的语意空间："与传统小说相比，正常的叙述——认真的、提供信心的、如实的——存在于一个框架之内，这类陈述有说话者和听话者，使用一套代码，并且必然有某种语境……当作者在一篇叙事之内谈论这篇叙事时，他好像是已经将它放入引号之中，从而越出了这篇叙事的边界。"（华莱士·马丁，1990：228）越界造就了多维视角，打破了传统小说的单一视角，消解了小说的叙事成规，亦可以说是对叙事成规的反讽。元小说对叙事过程的评述和对虚构的揭示"颠覆了读者的阅读期待，使读者在阅读中因叙述者不断的提醒而保有一种批判的眼光，并消解了一切利用小说的逼真度以制造各种意识形态神话的可能，从而反讽式地捍卫了小说的文学性"（佘向军，2004：202）。这种反讽具有双重特征，不仅仅存在于小说的叙事过程中，亦存在于小说的纵向比对中。在戴维·洛奇的小说中，复调和元小说作为反讽叙事悖逆性的具体表征形式，不仅是作者进行情节构建的主要方式，也参与了文本意义的生成过程，隐匿地表达了作者的价值取向。

1. 复调性反讽

戴维·洛奇的早中期小说多次出现了复调性反讽的叙事方式，通过引入多重声音，对同一核心话题进行多维度展示。在天主教小说中，复调性声音集中在“你能走多远”这个命题上。作者多元化阐述这一命题，以小见大地凸显了天主教禁令对年轻一代天主教徒的影响，对天主教规剥夺个人选择权进行了批判。

天主教规限制未婚青年男女的亲密举动。从一定程度上讲，此种禁令虽给年轻的天主教恋人造成精神上的困惑，但并不是完全不可取。等到他们步入婚姻之后，方才发现，“你能走多远”这个问题有着扩大化的倾向。当它与生育节制联系在一起后，又引发了更多的讨论和思考。天主教社会训导规定，天主教徒此生的主要目的是生养子女，并教会他们敬畏上帝。性欲则是一切罪恶的源泉，它只会让人们贪图享乐，不思进取，忽视天主，百害而无一利。然而，对性欲的压制除了让天主教徒们的生活变得更为杂乱，并没显示出更多的优势。由于不能采用人工避孕方法，天主教家庭规模庞大，子女众多，生活质量急剧下降。但是，教徒们对此丝毫没有办法，他们无力改变现状，亦无力选择。作者在《大英博物馆在倒塌》中对这种进退两难的境地进行了详尽的描写。洛奇在此书的前言中写道：“《大英博物馆在倒塌》有两大主题，一个是道德或者宗教的，另一个是文学的。”（BMIFD I）作者在《大英博物馆在倒塌》中再现了罗马天主教节育的教义，增强了文本的喜剧性和可读性，并以一种隐蔽的方式将作者对天主教教条的批判融入其中。这种处理方式赋予了文本语言很强的反讽性，使读者可以主动思辨作者的批判意识并与之共情。在当时的社会情势下，“梵二会议”的召开在社会中推动了宗教的对话，提出天主教世俗化将成为教会的主要目标，推进普世教会的建立。在这种情况下，诸多天主教徒对世俗化抱有很大的希望，他们渴望教会能够据此进行改革，修改以往关于人工避孕的禁令：“我们对教廷改变其节育教义抱有希望，是因为当时新出现了两种变化。第一，黄体酮避孕药片的发明……第二，让所有人吃惊的是，1958 年以代教皇身份当选的教皇约翰二十三世，居然号召教廷的现代化，呼吁将其与当代社会更加紧密地结合。”（BMIFD II）然而，让他们意想不到的是，官方教会所希望的世俗化与他们的理解相悖。教会重视的是天主教在俗世的生存模式，而教徒们希望的是教会能够更多地关注他们的日常生活，尤其是在生育控制上。洛奇在小说中对当时天主教所发生的变革进行文学性阐释，并通过这种方式表达了自己对“梵二会议”、生育控制法案和天主教世俗化的看法。洛奇处理这个严肃话题的方式恰恰是喜剧性的：“《大英博物馆在倒塌》这部书所描绘的“体系”是天主教的，但是我使用了喜剧的手法来创作这部小说……希望非天主教和非基督教的读者们也能感兴趣，并且唤起他们的同情。”（BMIFD XIV）洛奇认为，喜剧形式犹如一个保护罩，在其庇护之下，可以对天主教中的敏感话题进行探讨，既不会伤害到天主教徒的感情，亦会让非教徒读者明晰作者的创作意图。

伯贡齐认为这部小说“出现的时机是在很多天主教徒抱有希望——最终还是失望了——认为生育节制的禁令会松一点的时候，这部小说反映了他们当时的想法。同时，天主教会外部的人士们认为小说的主题很吸引人，洛奇的小说迎合了他们的好奇心”（Bergonzi，1995：6）。作为洛奇的成名作，这部小说的成功之处恰恰在于作者细致地表现出在变革即将来临之时，众多平信徒内心所发生的微妙的变化，以及在特定的时代背景下个体的生存状态。洛奇通过使用喜剧手法和偏重于现实主义的写作技巧，将他的读者群扩展到非教徒之中，从多方面对“你能走多远”这个命题进行了探讨。

在《大英博物馆在倒塌》中，作者引入了不同的声音，对生育节制这一话题进行了多方探讨，并通过不同人物的声音，在小说中实现了复调性对话，营造了具有杂语性的文本空间。人物声音之间的冲突和矛盾凸显了叙事的反讽性和悖逆性。作者直接引入了神甫芬巴的声音作为教会声音的主要代表，对他的观点进行阐释：“芬巴神甫对‘梵二会议’不太热心，亚当对此并不感到意外，尽管他和芭芭拉，还有他们的大多数天主教朋友，都寄望于教廷能够倡导一种更加仁慈和自由的生活……至于礼拜仪式改革和非教徒的教育，哪怕只是稍微提及这样的计划，芬巴神甫的念珠就会在衣袋里愤怒地咔嗒作响。”（BMIFD 27）由此可见，教会中较为固执的声音对这一话题并不感兴趣，认为教规不应当作出改变，放松这一禁令意味着对天主教教义的违逆。作为世俗象征的亚当与芬巴神甫间的讨论并不愉快。芬巴神甫明确告诉亚当，教义不会改变。对芬巴神甫而言，天主教婚姻的目的就是“生育后代，并在对神的畏和爱中把他们养育成人”（BMIFD 29）。与这一目的相比，经济压力、生活品质、个人发展等都不是应当考虑的问题。这种思想凸显了教会中“天主论”的思想：一切均应以信仰为目的，服从天主的禁令，尽力侍奉天主，而不应将这些问题融入其中。因此，教徒对此没有选择的权利，只有服从并践行上帝的意志。然而，单一的服从并不能解决亚当生活中的难题，与往日相比，后现代社会中的生存压力与日俱增：“在今日的伦敦，家里怎么养下七个孩子并喂得饱？”（BMIFD 30）芬巴神甫对此的回答是“自我节制……祈祷，每日去领圣餐同颂玫瑰经”（BMIFD 30）。但这个回答聊胜于无，并不能解决实际问题。作者在这里有意彰显了亚当的问题与神父的回答之间的异质感，讽刺性地揭示了天主教社会训导并不能解决世俗社会中信徒的精神困惑这一现实问题。芬巴神甫并不能理解身处精神和经济压力之下的亚当所面临的生存困境，认为他们的困扰源于信仰的不坚定。他的回答和训诫凸显了神父对世俗生活的陌生。平信徒在宗教生活之外另有生活，而这些限制却让他们的日常生活变得艰涩和难以持续。对于年轻一代的天主教徒而言，生活中有着比这个问题更值得花费时间和精力的事情。但是，他们却不得不将其他事情弃之不顾，整天在这个生育节制问题上大费周章。威火神甫则与芬巴神甫有着不同的观点，他提到：“这个可赎的小罪——不可赎的大罪的说法早过时了——是经院哲学家为了消磨漫漫冬夜拍脑袋想出来的东西。什么所有的罪过都是不可赎的大罪。或者，我们换句话说，所有的罪过都是可赎的小罪。最要紧的是爱。爱越多，罪越少。”（BMIFD 72）爱不再仅仅是上帝之爱，而是包含了世俗之爱的内涵。这暗示着天主教由神圣向世俗的转变。威火的观点与芬巴的观点有着很大的差别，二者的差异和对立凸显了在这一问题上教会内部声音的不一致。洛奇在他的早中期天主教小说中运用反讽叙事的手法再现了后现代世俗化进程中，各界围绕着“世俗化”这一观念进行的深入探讨，表达了对天主教世俗化的渴求，希望能够出现融合了世俗元素的、更加自由和人性化的天主教信仰。

2. 元小说

在戴维·洛奇的小说中，元小说主要被用来打破叙事成规，彰显小说文本的虚构性，引发真实与虚构之间的对话，由此产生反讽意义。在《你能走多远》的开篇，洛奇插入了一段评论来描述与人物姓名相关的个性特征："每个人物早已与某种选定的衣着打扮和外貌联系在一起，帮助你区分彼此……安吉拉……她棕色的头发将她定义为具有美德的女性之原型，是那种妻子—姐妹—母亲型的人物，而波莉则是"暗黑女士"，具有性诱惑力……"（HFCYG 4）。作者在这里统一描述了人物的命名和性格，详细描述了"安吉拉""波莉"和"维奥莱特"的姓名所反映出的人物形象。这一做法前置了小说人物的虚构性，表明了人物的存在实际上只是作者的主观创造。

作者通过运用元小说的方式直接插入了作者声音，由此出现了文本内互文。因其直接指涉洛奇的上一部天主教小说《大英博物馆在倒塌》，《你能走多远》延续了前一部小说中的主题。作者的这段元小说评述隐含了反讽叙事的诸多因素：生活中的烦扰被喜剧性地展现出来，喜剧的幽默性和文本主题的严肃性之间出现了意义上的悖立，表明作者对这一行为的不认同和批判。"我之前写过这个题材，一对生活拮据的年轻天主教夫妇在尝试了'安全期避孕法'后，在几年内有了三个孩子……本来这应当是一部喜剧小说，大多数天主教徒读者觉得它很有趣……确切地说，这部小说不是喜剧，但我会尽一切可能让它变得好笑。"（HFCYG 74）作者在此明确表示这不是一部喜剧小说，然而，《你能走多远》中所运用的严肃的天主教小说形式和颇具颠覆性的内容赋予了它一定的喜剧色彩，通过喜剧的方式颠覆了官方对天主教世俗化的阐释，并在人物的互动对话中建起民间声音对世俗化的认知结构。颠覆的主要手段是通过描写两性之间的爱情来摧毁天主教禁令的铜墙铁壁。在谈到为何会在这部严肃的天主教主题小说中掺入现代主义小说惯有的性描写时，作者的论述是：

> 通常认为，性行为有两个方面的功能：1. 生育；2. 相互之间付出并接纳性愉悦。在传统的天主教神学中，性行为的第二个功能只有在作为第一功能的动因，或是衍生时才是正规的——当然这只对已婚夫妇有效；早期有些神甫甚至认为，就算对于已婚夫妇而言，性行为的第二个功能也可能是一种可赎的罪过。随着更具人性的婚姻神学的发展，性行为的第二功能被尊为配偶之间共同爱意的表达，但是，将其从第一功能中分离出来却仍然是被禁止的。（HFCYG 116）

作者对性行为功能的讨论是以天主教神学为依托的，而非世俗人文主义。“性”合法的前提是天主教社会训导规定夫妻生活的主要目的是生养子女，其次是为了维系感情。“相互之间付出并接纳性愉悦”的作用必须以满足“生养子女”为前提，否则便是罪过。纯粹的以感官娱乐为目的的行为更被视为大逆不道，天主教教义要求教徒们爱上帝胜过爱自己的爱人。这段评述讽刺性地解释了天主教对“性”的认知和看法，在后现代世俗化社会中，此种观点显得颇为老旧，与社会现实格格不入。

在戴维·洛奇的天主教小说中，作者运用复调、元小说等后现代叙事技法，在文本中营造出了具有强烈反讽意蕴的语境空间。不同人物的声音、思想在这一空间中交汇、碰撞，扩大了文本的意涵，而作者的声音借助元小说的方式出现，在点明小说虚构性的同时，增强了小说文本的反讽性和喜剧性，戏谑地表现了作者对社会文体的批判态度。同时，他的校园小说亦有元小说元素的出现。在《换位》的开头部分，作者直接表明了作者的主导性叙事地位：

> 我们可以从我们有利的叙述高度（比任何喷气飞机还高）一眼看出众多不同中的一点。显然，正向西飞行的菲利普·史沃娄身子僵硬，坐姿笔直，对给他送上一杯橙汁的女乘务员感激不尽……而莫里斯·扎普无精打采地窝在他向东飞行的机舱座位里……怒视着盛有波旁威士忌的塑料杯子里正在融化的一丁点儿冰块……（CP

2-3）

作者所独有的全知视角实现了共时性叙述，同时看到菲利普和扎普不同的表现。在二人的对比中，反讽的叙事元素得以彰显。菲利普僵硬的坐姿表明了他的紧张情绪，而无精打采的扎普则因对此次交换毫无兴趣而觉得索然无味。不久之后，被交换到鲁米治大学的扎普将要开设一门关于小说写作的课程。在办公室里，他找到了一本名为《如何写一部小说》的书：

> 每一部小说都必须讲一个故事。有三种类型的故事：结局圆满的故事；结局不圆满的故事；结局既不圆满也不是很圆满，或者换句话说，根本就没有结局的故事……最好的小说是结局圆满的小说；较好的小说是结局不圆满的小说；最糟的小说是那种根本就没有结局的小说，建议初学者从写第一类小说开始。的确，除非你有天赋，不然你绝不要试图写别的类型的小说。（CP 88）

洛奇在这里模仿传统文学评论家的口吻对小说的类型进行评述。众所周知，“开放式结尾”已成为后现代小说的流行做法。在一个消解了作者和意义的理论环境中，对圆满式结局的强调颇具反讽意义，并在小说的结尾达到高潮。菲利普夫妇和扎普夫妇在小说的最后聚到一起，希望能够找到他们四人互相调情的解决办法。洛奇使用电影脚本的方式再现他们之间的对话，却并没有给出一个“圆满的结局”。按照前面的论述，没有结局的小说是最糟糕的小说。然而洛奇在《换位》的结局部分恰恰使用了开放式结尾，没有明确给出解决方案。由此可以看出，洛奇并不认同插入的《如何写一部小说》对小说类型的分类和评价，通过讽刺的手法表达了自己的看法：在后现代社会，对传统现实主义的坚守已不合时宜，必将受到嘲笑和戏弄，也必将如某些评论家所言，直接导向小说的死亡。小说的实验性和后现代性则会赋予小说文本蓬勃的生机。洛奇曾经谈到：“需要调和一种我早就发现的矛盾——在我写评论时，我对杰出的现代主义作家一直十分崇敬，而我个人的创作实践却是五十年代那种反现代主义的新现实主义。”（SW 2）矛盾调和的结果，便是将实验性、现代性和后现代性融入现实主义的文本叙事之中，扩大了小说叙事形态的文本张力。

综上所述，戏仿、文本拼贴、互文性等后现代写作手法是洛奇进行小说创作的主要技法。这些技法的运用赋予了现实主义文本以典型的后现代特征。文本的内容和形式不再受作者统一意识的支配，而是建构出具有复调特色的对话性空间。喜剧手法和严肃主题的对立营造文体反讽的效果，体现作者对社会现实问题的探究。

第七章
叙事伦理的反讽性

文学叙事研究的伦理转向始于20世纪90年代。叙事伦理批评在文学评论界的起源和发展体现了“在后现代文化语境中重建文学和人文价值的努力”（王鸿生，2015:15），并“将人们重新从文本内部拉回至文本外部”（陈博、王守仁，2018:120）。将伦理纳入文学叙事的研究范畴加速了文学作品与社会间关联的实现。由此，小说不再是孤立于后现代社会的存在，而具有了一定的时代价值和实用效能。伦理学批评关注的是“故事叙述者的道德精神与读者或听众的道德精神交汇时的情形……关注人、人物与个体自我之间的动态对话关系”（陈博、王守仁，2018:120）。叙事伦理不仅仅将文学研究的视角由内部转向外部，而且将读者的伦理背景和阅读活动均纳入文本意义的生成过程之中，将以往静态的文本研究转变为动态的对话研究。同时，叙事伦理的意义不是指“叙事”和“伦理”的组合，而是“指作为一种伦理的叙事，它在话语中的伦理形态是如何解析生命、抱慰生存的”（谢有顺，2012:24）。从这一层意义上讲，叙事中的伦理与个体生存和生命的伦理意义紧密结合在一起。这种结合赋予了文学批评积极的价值意义。在作者的叙事过程之中，“必然产生一种伦理后果，而这种伦理后果把人物和读者的命运紧紧结合在一起”（谢有顺，2012:24）。伦理的意义已经不再仅仅指涉与主流价值观相一致的道德内涵，而被扩展为生存和生命的本质。

一、叙事伦理与戴维·洛奇的小说创作

聂珍钊指出："从某种意义上说，文学的产生最初完全是为了伦理和道德的目的。文学和艺术美的欣赏并不是文学艺术的主要目的，而是为其道德目的服务的。"（转引自伍茂国，2008：13）因此，小说文本与伦理的关联是不言自明的，作为文学形式的一种，小说的伦理道德目的是其生存的原因之一。在戴维·洛奇的小说中，虽然伦理的踪迹不甚明显，却也有迹可寻，"文艺作品只要关涉人的生存，就必然或隐或显地呈现出某种伦理秩序"（伍茂国，2008：1）。换句话说，不论采用什么样的叙事手法来构建小说的故事情节，均会在一定程度上彰显作者对伦理问题的思考。文学伦理学研究的主要对象是伦理效果如何借助叙事手法体现出来。"就文学创作与批评而言，创作主体具有选择和组构人物和事件，传达一定意义的自由。创作主体面对现实中的道德障碍可以通过文学想象除障，从而对伦理道德的合理性给出证明。"（祝亚峰，2011：168）不论是文学创作还是理论批评，都或多或少地展现出一定的伦理意蕴。创作主体通过对信息和叙事元素的选择，构建了与自身伦理价值相吻合的伦理空间，以叙事为表象，传达伦理内涵。从这个意义层面上来讲，叙事与伦理的关系密不可分。

小说叙事伦理研究的是虚构伦理在文本中的具体体现及其中所牵涉的读者、作者和小说人物间的伦理关系，其核心特征是"讲故事的策略和抽象的伦理思考的结合"（伍茂国，2008：3）。小说叙事伦理并不是简单的小说叙事和小说伦理的二维结合，而体现出伦理意涵与叙事技巧间的多维关系。在戴维·洛奇的小说作品中，反讽叙事的背后隐藏着深刻的伦理内涵，体现出作者对伦理问题的深入思考，也展现出作家通过小说作品来讨论社会问题。在洛奇的创作过程中，其作品必然包含了叙事主体对伦理问题的理解，以此为途径来探讨生活的意义和生命的价值。麦金太尔指出，存在主体伦理与生活通过叙事得以统一，他将此称作"叙述性统一"（伍茂国，2008：20）。在叙事过程中，叙事话语、叙事内容、叙事技巧、叙事视角等方面都折射出作者对

伦理问题的探讨。同时，在文本内容阐释的过程中，读者和叙事主体之间的互动也蕴含着伦理关系。它们之间意义的悖逆并举体现其中的反讽意蕴，将反讽叙事与伦理表征共时性地并置在同一文本空间之中，形成了独到的文本结构形式。

伴随着后现代进程的加速，传统的伦理学研究方法不再适用于当代社会，带有很强政治性的伦理研究逐渐被个体性的伦理研究所取代。在这种情状下，对诸如人权和正义这种带有强烈意识形态的伦理问题不再是研究的焦点。而以前从未受到过多关注的虚构伦理开始为批评家所关注。洛奇小说中的叙事伦理因其虚构性而有别于现实伦理。它的虚构性不仅增加了伦理问题的多维性，也在一定程度上折射真实的影像，反映出作者通过虚构伦理参与讨论社会问题的努力。

在现代性语境中，纽顿从两方面解释“叙事伦理”：一方面归因于叙事话语的各种伦理取位，另一方面意指伦理话语依赖叙事结构的方式。也就是说，“叙事伦理”并不是指一系列超越的理论观念或先验道德准则，而是具体文本中的形式安排、话语态度，即讲述过程所形成的讲述者、读者、证人、作者之间的伦理关系。用巴赫金的话说，就是“个别事实的历史具体性，而不是某种观点的理论真理”（转引自伍茂国，2008:51）。换言之，纽顿对叙事伦理类型的区分是以“关系”为核心的，强调的是其中各要素之间的互动性关联。叙事伦理在小说中的体现是自觉的，它可以通过文本内和文本间进行表达，并不需要通过道德说教和教诲才能产生。评论家指出，现代小说叙事伦理的表现方式十分多元，而最为直接的便是叙事者干预。叙事者干预一般通过叙述者对人物、时间、甚至文本本身的评论来进行。叙事者干预在现代小说叙事中则更多体现于形式层面上，具体表现为“叙述者对于围绕其所讲述的事件、人物等的看法、见解与评价”（伍茂国，2008:134）。在戴维·洛奇的小说中，他的叙事伦理构成与视角、叙事者干预、叙事技巧密不可分，与反讽叙事手法的结合决定了反讽叙事的伦理指向。

叙事视角，即“叙事时观察者的立场和角度，因其所具有的情感、立场和认知程度而具有了伦理意义”（申丹，2009:85）。叙事视角间的言意悖逆亦成为反讽叙事的主要表征形式，隐秘地凸显了作者的真实意图。从这个意义上讲，对视角的研究使人们意识到，“故事能以人们从前不懂的方式控制我们，以制造我们的道德人格”（伍茂国，2008:151）。叙事视角的选取从侧面体现出作者的道德价值，并直接影响了读者的道德判断，具有十分重要的意义。洛奇小说中叙事视角蕴含的意义是多维的、反讽性的，它既指涉作者的视点，也指涉叙事者、主人公和小说人物的视点。其反讽性主要体现在文本表层意义与深层含义的间离之中。

与传统小说中的伦理教化不同，洛奇小说中的伦理观不再以道德教化为目的，以道德说教为手段。作为一位富有道德感和人文主义倾向的作家，他更多的是通过反讽叙事手法展现后现代社会中人物所遭遇的伦理困境，以及他们试图获得伦理救赎的努力。齐格蒙特·鲍曼认为：“伦理学的后现代方法的新颖之处不在于放弃的现代的道德关怀，而在于拒绝用于道德问题研究方法。伦理学上的重要问题，诸如人权、社会正义、和平共处与独立自主之间的平衡、个体行为和集体福利的同步性，已经失去了课题的时代性，它们仅仅需要以一种新颖的方式被理解和处理。”（齐格蒙特·鲍曼，2003：4）洛奇在小说中对上述社会问题进行了文学性再现，以一种全新的方式对后现代社会中个体本质与内在的焦虑进行观照。

总体看来，虽然戴维·洛奇的小说中不存在伦理概念体系，但不影响他对伦理的深入探究和剖析。受后现代主义思潮的影响，洛奇的小说中亦有对后现代伦理问题的深入思考，与后现代性密切相关，指涉“在现代性视野下，小说叙事可能呈现的面貌，及这一面貌如何直接或间接地反映现代人对自身生活境遇的体验、认识和反思”（祝亚峰，2009:140）。洛奇小说的伦理问题研究主要体现在对人物的存在、身份认同和建构的探讨，以此折射出作者对现代人生存境遇的反思。在这一过程中，洛奇彰显自己价值判断和伦理导向的主要手法是反讽叙事手法，以此表明自己的伦理态度，进而实现叙事与伦理在文本中的统一。叙事伦理在文本研究中的反讽性运用为文学批评提供了一个不同的视角，使读者更加理性地去认识和发现文本中所表现出的伦理问题，在伦理意义上反省后现代性所带来的问题并找寻伦理救赎的方案。

具体来看，洛奇小说中的伦理维度着重体现在叙事结构、多维视角和叙事干预之中，反讽性是贯穿其中的主要手法。通过运用反讽叙事手法对伦理问题进行探讨，洛奇针对现代社会中存在的伦理现象，揭示了伦理关怀的社会现实意义。同时，洛奇也对后现代工业社会中个体所遭遇的精神危机进行了深入的探讨，认为人与自我伦理的核心价值是超越世俗的自我升华。作者对伦理的再现体现出他对后现代社会精神危机的关注，并在一定程度上解释了伦理问题存在的缘由。本章聚焦于叙事伦理在戴维·洛奇小说中的作用和意义，认为反讽叙事的背后隐藏着深切的道德关怀和真实的伦理意蕴，反映出小说家对社会问题的深入思考和强烈的社会责任意识，增强了叙事作品对生活的介入能力。伦理与反讽性叙事策略融合在一起，产生了强大的叙事张力。

如前所述，戴维·洛奇的小说中缺乏伦理概念体系，但这并不意味着他的作品中从未涉及伦理问题。恰恰相反，他的校园小说和天主教小说均体现出他对伦理问题的探讨和思索。在主体叙事之中，作者以碎片化叙事手法插入了关乎伦理的讨论，加以反讽的“间接性”表达方式，凸显了他的伦理观：以伦理救赎为主的对个体的终极关怀应当是后现代伦理关注的重点，亦是解决后现代伦理困境的方法之一。

在“校园三部曲”中，洛奇展现了当代大学在后现代思潮中的种种面相。在《小世界》中，我们看到的是对名利的追寻和求而不得的苦涩；在《美好的工作》中，我们看到了后工业时代中不公平的社会现状，以及在工业文明的冲击下，人文学科所遭遇的种种困境；在《换位》中，作者运用了精巧的并列平行结构，通过展现英美两国大学文化的差异，从跨文化的视角对后现代语境中的伦理问题进行了探讨。他的天主教小说《治疗》是他创作中期最后一部以天主教为主题的小说，也是他在文本中建构“新天主教想象”的一次尝试。在这部小说中，洛奇不仅仅试图运用颇具后现代意义的叙事视角作为情节构建的主要方式，更将他对社会伦理道德的思考纳入反讽叙事框架之中。主人公劳伦斯所遭遇的伦理困境——职业危机、家庭危机、信仰危机等，均具有显著的反讽特征，亦与伦理有着密不可分的关系；而劳伦斯最终所获得的身份认同和伦理救赎，也充分体现出道德伦理的救赎用在人性塑造中的必要性。在这些小说中，反讽的平行结构、互文性和多维视角是作者实现反讽伦理叙事的主要方式。

二、反讽结构中的伦理叙事

具有反讽意蕴的平行结构可谓是戴维·洛奇最擅长使用的叙事技法之一，亦是他践行反讽叙事的主要手段。叙事中的平行结构指“在论证某个观点或论题时，将其分解成具有一定联系的几个方面加以论述”（陈世丹，2018:89）。在作者统一意识的支配之下，这些方面“结合在某个统一的事件之中，而相互之间不发生融合”（转引自陈世丹，2018:89）。通过这种方式，洛奇在文本中实现了诸多声音的平等交流，各种不同的思想意识得以在文本空间中自由发挥，展现出丰富的内涵。在其中，由多重意识带来的文本的表象和实际意义、作者的创作意图和人物的独立意识的间离，是反讽叙事的主要形式。通过运用这种手法，洛奇在小说中渗入了具有作者意识的伦理判断。

《换位》中的平行结构最为明显。洛奇在小说中讲述了菲利普·史沃娄和莫里斯·扎普互换职位进行交流的经历。作者详细描述了两位主人公各自不同的生活轨迹，成为了小说情节发生、发展的主线。洛奇称之为“双重纪事”。以此为契机，洛奇将二人的换位经历具体化为此类双向发送系统，成为了本部小说平行结构的基础：“这两位英文教授，每一位都被一根有着无限弹性的脐带一样的情感、习惯与价值观之线连在他的故乡、他受雇的地方和自身的壁炉边，在他以每小时六百英里的速度在空中疾飞时，那根线一直伸向远方，但绝不会断裂。”（CP 2）虽然处于平行状态中的两方不会重合，但是在这种换位过程中，由于二人所处环境不同，他们终将“对彼此的命运产生影响，甚至在某些方面反射出对方的经历”（CP 2）。在他们这种平行式换位中，“对称的故事线与对立的人物相互交织”（蒋翃遐，2012:76），由此折射出英美两国文化间的对立与冲突，着重表现了作者对当代英国社会中关乎教育和文化问题的伦理性思考。

《换位》中的第一个平行结构设置在换位初期，在这段时间内，作者着重表述了英美两国在环境、气候、城市建设等表层现象上的不同之处。扎普所在的尤福利亚被誉为“全球环境最为优美的地方之一”（CP 8）。而菲利普所在的鲁米治则不过是“又大又难看的工业城市”（CP 8）。环境的差异造成两位主人公个性的差异，菲利普保守沉闷，而扎普活力四射。除此之外，作者亦简单明了地列出了两所大学在学制、学位、政策上的不同之处，借以管窥英美两国在文化上的不同。虽然同为资本主义国家，但是两国在文化上的巨大差异不容小觑。作者运用了反讽叙事的手法，在平行结构之中再现了这种文化差异在人物的伦理体验中造成的影响，以及对个体性格的差异性塑造。

菲利普和扎普的性格分别体现了各自所经历的教育体制的特点。扎普的成长环境相对自由。在美国，“取得学士学位并不太难，学生有充分的空间自由发展”（CP 10）。而菲利普则是在英国严苛的教育体制中成长起来的，从中学升学考试到最后的二十岁考试，无一不是在激烈的竞争中进行的。英国的研究生“是孤独又绝望的个体……你在鲍得利图书馆和大英博物馆附近的茶室里只要看看他们呆滞的目光就可以辨认出他们，那是患上炮弹恐惧症的老兵的迷离眼神”（CP 11）。从教之后，他是这一体制的精准的执行者，绝佳的考官，可以对学生的考卷进行准确的评估。因此，有同事提出菲利普应该把他的试卷集结出版，“这一建议原本是讥笑，没想到菲利普还颇当为真——经过几小时头晕目眩的审视，他发现这是一个填补他学术空白的天赐良机”（CP 13）。这一事件蕴含了深刻的反讽哲理：作为英文系的资深教师，各类考试中出类拔萃的佼佼者，却需要通过出版试卷来作为学术创新的重头戏。以“放任自流”的方式成长起来的扎普在学术界著作等，而经历激烈竞争的菲利普在学术上建树颇少。这其中隐含了对英国教育体制的批判：考试的目的是为了遴选具有创新精神的人才，而不应是为了造就另一批热衷和擅长考试的考官。菲利普对这个提议进行了深入的思考，“他构思一部形式经过彻底革新的批评著作，一本由清一色问题组成的英国文学概览，简明却又全面，印刷精美，问题与问题之间留出大片空白。那些问题将是浓缩、雄辩、深思的奇迹，可以一读再读，沉思冥想，如日本俳句般意味深长又高深莫测，如谚语般让人熟谙于心；那些问题可以说本身就包含着它们诡异又微妙的间接答案胚胎……一本足以与帕斯卡的《思想录》或维特根斯坦的《哲学研究》相媲美的书”（CP 14）。这段描述看似是对菲利普正在构思的《试卷集》的褒扬，实则是用反讽的手法戏谑地表达了对他的讽刺：如果一本试卷集可以被拔高到如经典哲学著作一般的高度，那将足以说明教育的苍白和无力。身处这种制度之中的菲利普所关心的只有与职称和晋升相关的事宜，却对原创性的学术研究视而不见。让他感到焦虑和无奈的是千篇一律的日常生活和循规蹈矩的工作。他认为重复性的日常是他滋生逃离之念的根本原因，却没有意识到自身所陷入的伦理困境。在飞往美国的航班上，他“眼神中映射着光芒”，因为他终于可以暂时逃离让他生厌的千篇一律的生活。扎普则完全不同。作者运用共时性的手法描绘了他的经历。他对此次英国之行完全没有兴趣。他是为了逃避和他的妻子间恶劣的关系，不得已作出的决定。他是“美国最有名望又是选址最佳的一所大学的正教授，一个深受尊敬的学者，著作等身”（CP 40）。他的学术野心是“用上计算机和经过培训的研究生团队，毫不留情地缩小英国文学领域里可供自由驰骋的余地，把沮丧散播到整个行当。这导致他的许多同事变成多余的人：期刊将会一片沉寂，著名的英文系都像鬼城般荒无人烟”（CP 42）。在这里，作者同样运用了反讽的手法，这段话看似是对扎普的期望进行赞扬，实则是在批判他这一计划不切实际。这终将是一个不可能完成的任务，纵使他著作等身，有强大的团队作后盾，甚至是运用先进的科技，他也不可能穷尽文学研究的所有方向。

与菲利普相似，扎普亦陷入伦理困境而不自知：“他的这项工作进展缓慢，《理智与情感》尚未及半，已可明显看出，每一则评注都可占去数卷。除了偶尔写写文章，他已经几年都没有发表过任何东西了。有时他着手研究一个问题，但经过几小时的沉思，他竟然记起自己多年前就已经完满解决了这一问题”（CP 42）。同时，他的婚姻生活也充满危机，无法直面这些问题的扎普决定暂时回避，离开现在生活的地方。他认为“所有重大错误的根源都是把文学和生活天真地搅和在一起。生活是透明的，文学是晦冥的。生活是一个开放的系统，文学是一个封闭的系统。生活由事物构成，文学由文字构成。生活的面貌就是生活的本身……文学从不是它看上去在讲述的东西”（CP 45）。扎普的这段分析颇具反讽意蕴，它看似逻辑清晰，思想独到，实则偏离了问题的核心：生活和文学虽不能混为一谈，却是具有联结关系的共同体。从某种意义上说，文学是从生活中提炼出来的。将文学与生活如此区分，实际上是将文学置于无根之境，也终究会让文学研究无法维系。

在《换位》的第二阶段，菲利普和扎普不仅仅经历了职位上的对换，还经历了家庭和思想上的对换，可谓是一次“全方位”的换位经历。他们不仅和对方的妻子有了情意，参与了对方的家庭生活，还颇为主动地参加了换位学校的一些抗议活动。菲利普一改在英国时的拘谨和保守，接纳了一些激进的思想，却又感到迷失和彷徨：“我不觉得自己是英国人了。至少不像我以前感觉得那么强烈。我也不是美国人。我在两个世界之间徘徊，一个迷失了，另一个软弱无力，尚未诞生。”（CP 179）他甚至奢望着能够在美国找到一份工作，可以永远地留在那里，不要在回到那个阴冷、潮湿而又拥挤的生活中去。他意识到这段“换位”经历已经对他的思想产生了巨大的影响，让他变成了一个自己都觉得不可思议的人。这段脱离家庭生活和常规生活的日子给了他重新审视内心的机会，让他终于勇于承认并直面婚姻中出现的问题。在他和扎普太太相处的过程中，每天的早饭安排、孩子接送等对他而言已是习以为常的日常琐事，在扎普太太眼里却成了新好男人的担当。她的赞赏之情让菲利普觉得受宠若惊，逐渐滋生出爱慕之情。当他在不断地构思如何将他的想法告诉希拉莉，却总觉得言不达意之时，出现了一个特殊的契机。菲利普受邀参加一个人气很高的电台节目。在观众互动环节，希拉莉打给他的私人电话被无意中接了进来。让他感到意外的是，希拉莉在电话中告诉他“我很可能要有一个相好了”。情急之下，菲利普喊道：“我已经有了！可我不想把这事告诉全世界的人。”（CP 208）在英国待了几个月的扎普也发生了变化。他没有了之前的离经叛道、放荡不羁，反而变得更为细腻和体贴。在和菲利普太太相处的过程中，他感到自己对爱情的感知在逐渐恢复，对职业的敏感也在日益上升。在自己的原配偶眼中不值一提的菲利普和扎普，在对方妻子的眼中，却成了行为可嘉的伴侣。这具有反讽性的情节构建彰显了陌生化的语言、习俗、环境对个体行为的影响，亦体现出个体伦理在不同文化氛围中的可塑性。菲利普和扎普由“换位”到“换妻”的荒诞之旅揭示了西方极端自由主义思想的缺陷：传统伦理的缺席并不能给个体带来精神上的解脱，亦无法解决业已存在的伦理困境。在小说的最后一章，作者用微型电影脚本的方式再现了四人谈判的场景，却给了读者一个开放式结尾。总体来看，存在于他们“换位”之中的反讽体现了作者对传统现实主义的继承，表现出后现代社会中个体所经历的伦理困境和获取伦理救赎的种种尝试，批判了后现代资本主义社会的过度自由主义思想对传统伦理的忽视。

与《换位》相似，作者在另一部校园小说《美好的工作》中亦运用了平行结构叙事技法。洛奇在这部小说中对英国文化中存在的“两个世界”的概念进行了细致的解读，着重表现了文学界和工业界之间的冲突和对话，同时掺入了对后现代伦理的深入探讨。“《美好的工作》中的平行结构……既揭示了资本主义对广大底层劳动群众的剥削和漠视，也暴露了资本主义社会拜金的本质”（陈世丹，2018:89）。从这一角度来看，《美好的工作》中的平行结构是作者实现伦理讨论的重要渠道之一，与反讽叙事融合在一起，彰显了其中的伦理之维。

洛奇在“文前”引入了本杰明·迪斯累里的《西比尔；或，两个国家》中的核心概念：“两个国家：两者之间没有交流，没有同情，他们对彼此的习俗、思想和感情一无所知，仿佛他们不在一个地区居住，不在一个星球生活；他们受的不是一种教养，吃的不是一种食物……”（NW 作者寄语 2）可以说，这段引文一方面奠定了这部小说“平行结构”的基础，另一方面也奠定了它“反讽叙事”的基础。“两个国家”就如同两条平行线一般毫无交集，但实际上，这是存在于同一空间中的“两个国家”。这一概念深刻地揭示了差异带来的隔阂和冷漠，因为阶级、教育、文化的差异，它们之间没有任何交流。以此为基础，洛奇的小说《美好的工作》着力表现了文学界和工业界这“两个国家”在后现代社会中的复杂情状。陈世丹指出：“在后现代西方伦理学的语境下，资本主义制度和经济制度不是建立在合理的正义观念基础上，资本主义社会充斥着社会、政治、经济的不平等。”（陈世丹，2018:88）《美好的工作》从文学—工业界这一点切入，恰如其分地展现了这种不平等，以及由此带来的伦理困境。

小说中对女主人公罗宾的设定本身就具有“双重”色彩。她是一名英国文学讲师，左翼女权主义者，研究维多利亚时代工业小说。但是，她对工业的了解只限于文本之中。她认为“十八世纪小说的兴起正赶上资本主义的兴起；十九世纪小说胜过其他各种文学样式之时适逢资本主义的胜利；二十世纪现代主义和后现代主义对古典小说的解构巧遇资本主义晚期的危机”（NW 28）。在鲁米治大学担任临时讲师时，为了响应政府提出的“工业年”计划，她被派去做工厂厂长维克的“影子”。二者之间的冲突和交流由此展开。

对于罗宾而言，虽然她对工业小说颇有研究，但是工厂生活对她来说是完全陌生的。不仅如此，她还不了解工厂的运作模式。初入工厂，她和维克之间冲突不断。她认为维克将金钱作为衡量一切的标准是无稽之谈，因为生活中还有比金钱更为重要的东西；而维克则认为罗宾的思想太过幼稚和偏激，罗宾所维护的罢课行为是“用中产阶级作风盗用工人阶级政治”。在工厂待了一个小时的罗宾用“触目惊心”来形容自己的所见所感。她认为这种单调的重复性工作、噪音和污染让人无法忍受。虽然她认为失业是一种罪恶，但是“如果这就是就业，那人们也许还不如没有这种工作”（NW 110–111）。她感到这幅场景就像是“中世纪的地狱画”，是“她有生以来到过的最恐怖的地方”（NW 124），让她感到极为不适。这是一个她所不了解的世界，与她所熟悉的校园生活没有任何关联：“这种情景如此光怪陆离，与她通常的环境完全大相径庭。”（NW 124）在这种环境中，罗宾滋生出一种颇为激进的情绪：“她……认识了这一场景的强大的象征意义……他是被剥削的人类的原型，是资本主义、帝国主义、工业制度的典型的牺牲品。她尽了最大的努力才忍住没有冲上前去抓住他的手以表示同情和团结。”（NW 124）她认为维克雇佣亚非裔工人做脏活、苦活有种族歧视的嫌疑，这让维克大为光火。可以说，罗宾在工厂和维克冲突不断，大有剑拔弩张的气势。维克试图让罗宾了解工厂的运作模式，而罗宾却用自己熟悉的文化批评理论对其进行解读。她逐渐发现了源于真实生活的工业文化向她展现生活的另一种可能性:“她从与工厂的联系中得到了一种莫名的满足,有了一种高朋友一等的优越感……这些日子她过着一种双重生活,觉得自己因此成了一个更有趣、更复杂的人。”当罗宾向维克展示大学的工作模式时,习惯了工厂思维的维克亦觉得无法接受。他认为罗宾的分析是将简单的事情复杂化,却无法给出明确的答案,只有含混的阐释。课间的休息对于他来说纯属浪费时间,直接导致了工作效率的低下。罗宾指出,“如果你试着把大学办的像商业机构,你会毁了一切使大学有价值的东西”(NW 338)。她提出可以让工厂参考大学的模式,“让工厂变成高等院校一样的机构”(NW 338)。但维克指出,如果这样,“我们在市场上会连五分钟都拖不下去”(NW 338)。他们之间的冲突隐含了他们所代表的两个不同阶级之间的冲突,进而扩大为两种文化间的对立和矛盾。但是随着二人交往的深入,他们逐渐发现了对方文化中的可取之处。同时,维克也发现了文科教育的魅力。当罗宾的影子计划结束以后,维克在鲁米治大学找到了她:“我给你做个影子,换一下……如果这旨在改善工业与大学之间的关系,那就应当是个双向进程,我们工业也有很多东西要学。”(NW 323)罗宾对这个主意并不认可。她觉得具有工业思维的维克无法真正理解文学作品。当维克参与罗宾主持的论文研讨会时,他对作品的理解理性多于感性,对细节斤斤计较,却无法从整体上把握诗歌的内涵。

在小说的后半部分,两人从最初的对立过渡到暗生情愫。然而,罗宾坦言爱情只是一种骗局,但和罗宾有了一夜情的维克坚称自己爱上了她。这一情节设计在平行结构的两端架起了沟通的桥梁,让读者们看到了二者间发生交流的可能性,同时折射出作者的伦理判断:在同一社会语境之中,两种文化不应是对立的,而应求同存异,共同发展。

三、反讽中的道德判断

浪漫主义者认为,反讽是人生的本质,体现在小说作品中便是作者和人物的间离:“作者以一种高高在上的俯视视角嘲弄着他笔下的创造物,两者间的距离造就了某种疏离感”(李思,2019:55)。这种疏离感是反讽形成的必要条件。同时，二者的疏离也体现出作者借文本之力进行价值判断的努力和尝试，在反讽中实现了对现实社会的道德判断。同时，由于小说的阅读过程“是一个不断投入到道德判断中去”（李思，2019:57）的活动，读者的价值评判标准不可避免地被带入阅读之中。在小说中，“人物所置身的道德情境以及人所面临的善恶选择被充分地戏剧化……读者不可避免地陷入持续的道德判断中，并有机会反思已被固化的道德原则的合理性”（李思，2019:57）。可以说，小说的阅读过程被转化为读者进行价值判断的实践活动。在这个过程中，为了避免僵化、固定的思维模式带来的负面影响，作者需要运用一种新的叙事模式再现道德判断。洛奇运用了反讽叙事的手法，通过展现人物、事件、作者等必要元素之间的疏离，延长了读者体验人物所面临的道德环境的时间。“反讽的晦涩难解极大地控制了作者与读者之间的交流距离……使原本被动接受道德教条的读者变为主动思索其合理性的积极力量。”（李思，2019：58）

在《小世界》中，菲利普曾和扎普说起他曾经有过的一段婚外情。其反讽伦理性主要体现在菲利普情人的“死而复生”，以及他对这段恋情的道德判断之中。在一次出国讲学途中，在热那亚遭遇飞机紧急迫降的菲利普被接到辛普森家。刚刚经历过劫难的他却和辛普森太太有了一夜风流。离开热那亚不久，菲利普在报纸上看到了辛普森一家遭遇空难一事，他十分伤感：“我有极大的负罪感，仿佛是我把自己九死一生所逃过的死亡转移到了她的身上。”（SW 90）这种情愫也使得他对辛普森太太的爱恋增添了些许浪漫而又悲情的色彩。长久以来，他将这种爱恋之情深埋在心底，直到三年之后，菲利普在土耳其再次偶遇辛普森太太。他原本以为辛普森太太已经不幸罹难，却没想到原来她并未登上那班飞机，因此躲过一劫。临行之时，菲利普在火车站焦灼地等待着，希望她能够出现在站台上，“这种悬念太痛苦了，然而他感到了奇怪的振奋。过去一周的抑郁消失了，已经被忘却了。他再一次成了一个自己故事中心的男人”（SW 246）。在他看来，这是一场伟大的、浪漫的爱情故事，让他重新找到了生活中的激情，却全然不在乎这是一场有违世俗伦理的婚外恋情。在辛普森太太家中，菲利普见到了她的孩子们。他无意中发现她的小女儿米兰达和他之间有一种奇妙的联结，“他发现自己奇怪地喜爱上了这个孩子，喜爱她信赖的眼睛和总是挂在嘴边的笑容”（SW 254）。他觉得米兰达让他想起一个非常熟悉的人。辛普森太太直言她像菲利普。这一消息让菲利普感到极为震惊，“在过去的三年中，在他一无所知的情况下，这个小小的分离出来的骨肉一直存在着，默默无闻地环绕着他有意识的生命运转，就像一颗未被发现的星星”（SW 255）。在这个颇为简短、稍显俗套的婚外恋故事之中，恋情本身的反道德性和它带来的愉悦感之间的间离营造出了反讽的叙事空间，也让读者能够深入思考与婚恋有关的伦理道德问题。一方面，对于婚姻中的双方来说，婚外恋可谓是反传统道德的，它给婚姻带来了伤害，因此它的存在是不合理的。另一方面，我们看到了这段关系给菲利普带来的愉悦感，这是他在传统的婚姻关系里所无法获取的。

同样是在追寻心爱的安吉利卡的旅途中，伯斯在机场的小教堂里偶遇了自己的表妹伯纳黛特。她离家多年，却一直未与家人联系。她告诉伯斯自己永远不可能回家了，因为她有了孩子，却不知道孩子的父亲在哪里，姓谁名甚。她又没有一技之长，现在只能靠跳脱衣舞为生。她的生活状态是笃信传统天主教的父母所不能接受的，她也不愿意接受任何源自教会的帮助，不愿意告诉伯斯自己的住址，就此离开了。伯斯通过她贴在教堂祷告栏里的名片找到了她的工作地址。当伯斯在参加“凯尔特民间传说之艺术倾向暑期学校”的游船活动时，和同船的麦克斯韦尔一起遇上了风雨天气。他担心自己乘坐的小船会被大浪吞没，在恐惧中讲出了一直以来压在心底的话：“让我淹死在斯莱戈的一个湖里，就在我欺骗了那个可怜的姑娘的地方。”（SW 287）伯斯追问他此事的详细情况，麦克斯韦尔坦言，那个姑娘叫伯纳黛特。这姑娘正是伯斯的表妹。愤怒的伯斯直言：“真想把你的头按在水里淹死你……可是让你淹死太便宜你了。你毁了我表妹的一生，搞得她怀了孕然后又抛弃了她。”（SW 287）麦克斯韦尔表示自己愿意承担此事的责任，出具了一份具有法律意义的文件：“他承认自己是伯纳黛特·麦加里格尔的儿子弗格斯的父亲，并保证每年向她提供足够的生活费，使她可以不再从事目前的工作。”（SW 288）

伯斯对于安吉利卡的追寻亦具有很强的反讽性。在一次学术研讨会上，他对安吉利卡一见钟情。思想颇为传统的伯斯不愿意接受一夜情，希望能够迎娶安吉利卡。他唐突地向安吉利卡求婚，却遭到了对方的拒绝。研讨会结束后，他开始四处寻找安吉利卡，却偶然在伦敦的苏活地区发现了她表演脱衣舞的广告画。伯斯感到不可置信，他无法接受自己心目中的女神居然从事这样一种为人不齿的职业。因此，他更加坚定了要找到安吉利卡的信念。他无法想象，那个在研讨会上“热烈地讨论结构主义、浪漫传奇文学、济慈的诗歌的女孩，会在苏活区某个低档的地下室歌舞夜总会里做表演”。他希望能够凭借自己的力量把她“从肮脏生活中解救出来”。一次偶然的机会，他在机场的小教堂里发现，自己以前写的一段希望安吉利卡摆脱目前生活的祷告文下面，有一行清秀的小字：“表面现象可能会引起误解。”（SW 289）伯斯认出这是安吉利卡的笔迹，他欣喜地参悟出脱衣舞女并不是安吉利卡，而是她的孪生妹妹。他为此感到欢欣鼓舞，一方面是因为他心目中的女神并没有堕落，另一方面是因为他感到自己对安吉利卡的追寻终将实现。在他不懈的努力之下，他终于在美国现代语协年会上，看到了正在宣读论文的安吉利卡。伯斯的激动之情难以言表，待他平静下来之后，方才发现安吉利卡的发言中充满了污言秽语。这让他感到十分惊讶，觉得论文的内容太过离经叛道，但是他的内心深处依然充满着对她狂热的爱恋之情。在和安吉利卡初试云雨之后，他再次向她求婚，却意外得知这个女孩并不是他日思夜想的安吉利卡，而是她的孪生妹妹丽丽。丽丽试图劝说伯斯，他爱上的并不是安吉利卡，而是自己营造的爱情幻象。与罗曼司类小说中常见的大团圆结局不同，伯斯的追寻到此戛然而止，他对于爱情的幻想就此破灭。此时他方才意识到，在追寻过程中，始终给他提供帮助的谢丽尔·萨默比才是他真正应该追寻的人。她是一个非常相信爱情的姑娘，喜欢看起来有些木讷的伯斯，而伯斯对此毫不知情。当他终于明白了谢丽尔的心意，在去往希思罗机场，希望得到关于她的消息时，却得到了谢丽尔已经被解雇的消息。在小说的结尾，伯斯站在机场熙熙攘攘的人群之中，“不知道在这个狭小的世界上，他该从什么地方开始去寻找她”（SW 382）。这一开放式的结尾有着丰富的内涵，在一定程度上凸显了作者对世俗伦理的价值判断：伯斯对爱情的认知和追求虽然具有传统意义上罗曼司的形式特征，但是没有类似的内涵。其中的差异也暗示着伯斯追寻的不稳定性。

在《小世界》中，作者通过反讽叙事的手法展现了婚姻内外和恋爱中的不同情状，从伦理的角度对后现代的爱情观进行了深入剖析，在反讽中融入了带有作者视角的价值判断。

四、反讽中的伦理困境和伦理救赎

在戴维·洛奇最后一部天主教小说《治疗》中，作者运用反讽叙事的手法再现了具有世俗化特征的宗教伦理在后现代社会中的具象性模态。劳伦斯是洛奇天主教小说中唯一没有宗教信仰的主人公，但是他所遭遇的伦理困境和最终得到的伦理救赎，无一不带有宗教意味。这一设定本身便带有浓厚的反讽意味。虽然他不是虔诚的教徒，但是他认可宗教的伦理性和哲学性在世俗社会中的作用。他直言：“我尊敬作为伦理思想家的耶稣，而不是宣扬什么先拿石头打人和把另一边脸也转过去让别人打等等说教的耶稣。”（《治疗》105）在这里，针对“耶稣”的身份认知出现了具有反讽性的二分法，在宗教语境中成长起来的劳伦斯接受天主教的一些基本概念，却不能接受宗教成为自己的信仰。他相信上帝的存在，认为上帝的存在可以解释世人所无法理解的事情。对他而言，信仰是非理性的，它不会通过理性的分析和逻辑的推断得来。反讽造成了语意间离，语意间离的背后隐藏着关于宗教伦理的讨论：信仰应该是具有伦理特性的，而不能只是一味的说教。儿时的劳伦斯对宗教并没有什么兴趣，也从未想到自己会和天主教产生什么交集。然而，这一切随着一个女孩的出现而被改变。他偶然认识了一名名叫莫琳的女孩。莫琳是一个虔诚的天主教徒，上的是天主教会学校。为了能够接近她，他加入了教会办的教区青年俱乐部，虽然他对天主教没有丝毫的兴趣：“我对罗马天主教并没有真正的兴趣，或者说，我并不真正对任何宗教感兴趣……有那么一些人，比如莫琳和她的家人，每个星期天上午都要自愿忍受那种让人厌烦的礼拜仪式，而不是在家美美地睡个长长的懒觉，我觉得这真不可思议。然而，我准备出于礼貌假意对她的宗教抱有兴趣，如果这是我为继续与莫琳交往所要付出的代价的话。”（《治疗》 283）在两个人交往伊始，为了能够和莫琳保持长久的联系，劳伦斯义无反顾地参加天主教举办的各种活动。他们之间的关系也从此和宗教产生了密切的关联。

在这里，洛奇运用反讽叙事的手法，继续了他早期天主教小说中所探讨的“你能走多远”的伦理性话题。对于天主教恋人而言，他们在违反教规之前，能走多远？对劳伦斯这名无意间与天主教扯上了联系的非教徒而言，在他和莫琳的关系触碰到天主教伦理底线之前，他们能走多远？徘徊在世俗情感和宗教戒律的十字路口的劳伦斯和莫琳所面临的困惑，与洛奇第一部小说《看电影的人》中马克和克莱尔的烦恼如出一辙。Bruce Martin 指出，他们二人的情感纠葛与“《傻生姜》（1962）中的江奈生和保罗林、《大英博物馆在倒塌》中的亚当和芭芭拉都具有很大的相似性”（Martin，1999：155）。他们的共性，就是要在个人情感和宗教戒律之间作出选择，人物的伦理焦虑和困惑由此产生。在洛奇晚期的这部天主教小说中，作者并没有再次对这些问题进行繁冗的探究，而是用回忆录的方式记录了这对年轻恋人曾经遭遇的困惑，并通过劳伦斯的回忆和忏悔反观这一事件所产生的影响：“莫琳一次又一次地努力使我对她的信仰产生兴趣，我也不用她告诉我我就知道，她希望做我的皈依代理人。我想，在一段时间里偶尔在星期天晚上的祝福式上露露面是明智的，这样可以让她高兴，也可以保证我青年俱乐部的会员资格，但我在试过一两次之后就避开了弥撒。”（《治疗》 296）莫琳希望自己心仪的人能够和自己一起参加各类宗教仪式，感受主的恩惠，因为共同的信仰可以加固他们之间联系的纽带。但是，对宗教没有太大兴趣的劳伦斯却没能如她所愿。不仅如此，世俗的劳伦斯和虔诚的莫琳之间很快出现了分歧。莫琳期望的是单纯的精神交流，而劳伦斯却希望能够有爱抚，有接吻。他们都试图说服对方接受自己的想法，初恋的甜蜜很快就被这些无谓的争论所取代。中学毕业之后，他报名参军，之后便与莫琳再无联系。这段昙花一现的青春期恋情本没有被再次提起的必要，但是对于遭遇了中年危机的劳伦斯而言，却是能够让他重拾信心和快乐的唯一元素。

小说伊始，劳伦斯正陷入焦虑之中而无法自拔。虽然他目前过着颇为优渥的生活，但是他却感到职业危机无所不在，他的自信在流逝，灵感在萎缩，寻不到快乐的踪迹。劳伦斯的焦虑具有很强的反讽性，表面看来，他不应对自己和生活感到沮丧和不满，然而，丰富的物质生活却没能给他带来精神上的快乐，他觉得自己的生活危机四伏，倍感焦虑。他因此患上了“膝盖内部紊乱症”，不明原因的膝盖痛加重了他的心理压力，使他不得不多方寻找治疗的方法。然而，所有的理疗方式对他而言都毫无用处。焦虑开始蚕食他的日常生活，患了选择恐惧症的劳伦斯整日徘徊在忧惧的边缘。认知行为医生认为他焦虑的缘起是缺乏自信，其根源在于劳伦斯身份的认同与别人的评价紧密地联系在了一起，这使得他时刻在意别人对他的看法，希望能够获得外界的认可和肯定。这种焦虑情绪直接导致了他精神上的紧张。在谈话中，他也无法集中自己的注意力：“别人跟我说话时我一直都在听着，也会作出反应，可当他们说完时，我发现自己没有听进去一个字，因为我的注意力在追随自己的思绪。这是另一种内部紊乱症。”（《治疗》31）在这里，围绕着“听”这一动作出现了言意的反讽性区分。“听见”不同于“听到”，无论劳伦斯如何努力参与对话，却还是游离在对话之外。这一切源于劳伦斯对自己的过度关注。在他的价值观中，自我是优于他人的，处于中心位置，有着十分重要的地位。这种个人主义倾向导致了自我与他人之间的摩擦与碰撞，这恰恰是劳伦斯焦虑的缘由，亦是他陷入伦理困境的根本原因。劳伦斯希望能够在这时得到家人的关心和安慰，但他的妻子完全沉浸在自己的工作中，只是非常理性地对他的处境发表了一些看法。在劳伦斯看来，她的分析完全合乎逻辑，但是对他的境遇毫无帮助。在这里，围绕着这一场景产生了反讽效果。劳伦斯虽然明晰他妻子的做法并没有错误，对事件的分析也颇为中肯，但这并不是他所需要的。他期待的是一种能够深入内心的支持和交流，而不是理性的分析和建议。这一细节预示了劳伦斯所遇到的真正的困境，并不是表面上的中年危机，而是灵魂深处的精神危机和现实中的身份危机。质言之，劳伦斯的伦理困境具有很强的反讽意义，他需要的不是一个解决问题的办法，而是心理上的支持和认同。

情绪低落的劳伦斯在翻字典的时候无意中发现了索伦·克尔凯郭尔的名字。这个名字独特的写法引起了他的注意。克氏反复提到的“忧惧”和“焦虑”看起来和他的自身状况颇为吻合。他开始阅读克尔凯郭尔的著作。虽然克氏的很多观点让他如坠云雾之中，但他并未放弃探求，真正打动他的是克尔凯郭尔对“忧惧”的阐发。劳伦斯认为：“据克氏的观点，不快乐的人就是‘始终与自我脱节的人，从来不与自我保持一致’。我的第一反应就是：不，你错了，索伦小子——我每时每刻都在想着自己，这就是我的麻烦所在。可是接着我想到，想着自己并不等于与自我保持一致……我就像那种低劣的喜剧动画片里的人物，色彩和轮廓互不吻合，二者之间总有缝隙或者重叠，看上去模糊不清。”（《治疗》 121）在这里，围绕“与自我保持一致”这一概念生成了语意反讽，凸显了人物所处的伦理困境：克氏哲学中所指的“与自我脱节”和“不与自我保持一致”并不意味着时时刻刻想着自己。克尔凯郭尔强调的是以“个体”为基础概念的伦理观，它以个人主义为切入点。作为一种伦理价值观的个人主义意味着“道德、道德价值和道德原则的源泉是个人，道德评价标准的创造者是个人。个人成了道德价值的最高仲裁者，在最基本的意义上，个人成了最终的道德权威”（杨明、张晓东，2007：11）。因此，与自我保持一致，从而获取快乐的根本，便是将“个人”放置在伦理价值观的核心地位。对自身选择的认同是建构身份的必然之路。克尔凯郭尔认为，“选择你自己，而非认识你自己，是个体存在之主体性的最高证明和实现个体自身超越的唯一方式”（杨明、张晓东，2007：13）。其中的反讽源于选择自己和认识自己的间离。只有当个体能够悦纳自己时，才能够赋予个体存在以深刻的现实意义。这一具有很强存在主义意蕴的个体观念与个人主义的伦理观有着密不可分的关系，“自存在主义先驱克尔凯郭尔提出‘孤独个体’的范畴后，存在主义作为一种哲学思潮和价值观念，便已确立以个人主义和非理性主体取代整体主义和理性主体的基本理论路径。它不仅根本性地颠倒了传统哲学的认知方式，更重要的是将个体的本体性存在擢升到了个人价值判断的终极层面”（杨明、张晓东，2007：13）。归根结底，西方伦理观对个人的强调和对个人主义的关注是对个体存在的维护和尊重，是人道主义伦理的基石。“现代西方人道主义是一种强调个人的尊严、个人的非理性精神、个人的行动和创造、个人的自由的观念。它始终将人放在理论的核心地位，将人的生命、人的利益放在首位，作为理论的出发点和归宿。”（杨明、张晓东，2007：115）从这个意义上讲，对个体存在和价值的强调是维护个体的根本方法，也是拯救劳伦斯于伦理困境的唯一方法。

劳伦斯·帕斯摩尔的妻子莎丽人近中年，却依然活力四射，有着傲人的身材和很强的女性魅力。劳伦斯自己也以此为荣。同时，他的私生活也相当丰富：“我差不多每周都能在伦敦见到阿米……我们的关系里从来都没有性的问题……我不用犯不忠之罪，就解决了一夫一妻制的难题，也就是单配偶制的难题。”（《治疗》37）但是，随着生活状况的变化，他们之间的问题开始逐渐显现。劳伦斯认为妻子对自己缺乏关心和爱护，一心只扑在自己的工作上，对他的痛苦不闻不问。莎丽却觉得劳伦斯变得疑神疑鬼：“过去一年，他变得无法相处，他把自己包裹起来，听不进任何人对他说的话。”（《治疗》234）婚姻危机使二人渐行渐远。在婚姻中找不到自信的劳伦斯转而向外界寻求心理上的安慰。他先是带阿米去特纳里夫度周末，希望能够在这期间将自己和阿米的关系更进一步，但是糟糕的景区环境使他的计划完全落空了。在这个过程中，阿米也对劳伦斯有了更多的了解，决定不跟劳伦斯结婚，也不想跟他发生性关系：“我得出一个结论，在我的有生之年，没有性生活我也能过下去……这次旅行最终成了一场巨大的灾难，一个糟糕透顶的周末。”（《治疗》198）碰壁后的劳伦斯飞赴美国去见《邻居》美国版的制片人露易丝。她看出劳伦斯是因为将要被妻子遗弃才跑来见她，认为在劳伦斯的想象中，她“永远坐在那张大洋边的桌子旁，满怀渴望地凝望着大海，等待他从他的婚姻誓约中解放出来后再次出现”（《治疗》204）。事实上，露易丝早已将劳伦斯弃之脑后，他唠唠叨叨的自言自语和完全沉浸在自我世界中的独白让她感到极其厌倦。从美国回来以后，劳伦斯转而去找萨曼莎。这让她觉得十分突然，因为之前劳伦斯对她丝毫不感兴趣。他邀请萨曼莎去哥本哈根，希望能够在克尔凯郭尔的故乡找到些许心灵上的慰藉。事实上，他完全沉浸在克尔凯郭尔的世界中无法自拔，丝毫不顾及萨曼莎的感受，连萨曼莎的主动示好也拒之门外。劳伦斯对他的这几次猎艳行动也抱有不满的看法。备受打击的劳伦斯踏上了朝圣之旅，他终于有时间将思绪完全集中在自己身上。在朝圣途中，劳伦斯将他所遭遇的中年危机归咎为早年间对莫琳的背叛，认为要想得到伦理层面的救赎，就必须找到莫琳，与她和解。他抱着这样的想法踏上了前往圣地亚哥的朝圣之路，也由此开启了通向自我内心深处的旅程。对于莫琳而言，天主教信仰是一种安慰，朝圣是心理治疗的一种方式。她希望能够通过朝圣，化解她的失子之痛。从这个角度来看，劳伦斯和莫琳的朝圣虽然有着不同的目的，但是都与伦理层面的救赎有着密不可分的关系。

《治疗》采用后现代元小说叙述策略解构了传统的现实主义创作手法。洛奇用这样一种方式融入了反讽叙事元素的同时，也传达了对小说真实性的看法：文本中构建出的真实只不过是作者一厢情愿的虚构而已。元小说技法使这部小说脱离了传统现实主义的藩篱。文本拼贴、作者闯入和互文使元小说的叙述框架最终得以建立，完成了对传统叙述模式的颠覆。《治疗》中所表现出的世俗伦理主要牵涉世俗社会中的婚姻关系与婚外异性之间的关系。洛奇在小说中借由反讽叙事的手法再现了婚姻伦理和两性伦理在后现代社会中所遭遇的冲击，认为和谐的两性关系是重建伦理自我的根本途径。

劳伦斯认为，他之所以不快乐，根源在于缺乏精神信仰，在生活中毫无目标。最终，劳伦斯在天主教中找到了精神信仰和尘世性的救赎。通过劳伦斯的世俗性“皈依”，洛奇试图告诉读者，天堂并不存在于身后的世界，而是存在于此世，存在于有信仰的生活中。这一观念也不断地体现在劳伦斯的顿悟中，最终将他引向了非理性的宗教之爱。劳伦斯的朝圣颇具世俗色彩，他在小说最后的顿悟也预示着宗教的精神治疗之功用在后现代世俗化社会中的意义和价值。

第八章 结 论

反讽可谓是英国文化的特色表达。在小说创作过程中，这种源于文化上的反讽亦有迹可循，受到诸多作家的青睐。与同时代的其他作家不同，戴维·洛奇小说中的反讽叙事鲜有愤怒的情绪，他用一种温和、间接的方式对社会问题进行探讨。这是他创作中的核心特点，充分表现了作家的自我意识，亦将读者的阅读活动和阅读体验纳入了文本意义的生成过程。因此，他所采纳的反讽性叙事手法不仅仅是一种文本表现形式，更是实现文本与社会、读者互动的主要方式。

在对洛奇的反讽叙事进行分析的过程中，本书最先投向其产生的社会语境。从战后的"福利国家"政策、教育法改革到与天主教有着密切联系的"梵二会议"的召开，都是洛奇式反讽叙事得以形成的社会因素。以此为基础，本书进一步界定了洛奇小说中反讽叙事产生的社会背景和具体的文本表征形式。首先，作者之所以选择被边缘化的天主教作为他诸多小说的主题，是因为小众的天主教在后世俗化语境中，与主流的社会语境间有着持续不断的冲突和对话，这是洛奇的天主教小说中反讽叙事得以形成的社会基础。通过这种手法，洛奇在他的天主教和校园小说中以一种"陌生化"的方式再现了宗教主题，同时点明了天主教之于当代社会的意义和价值，并试图在文本中营造一种融合了世俗人文主义思想的世俗化天主教世界观。与同时代的其他作家相比，洛奇运用反讽叙事的独到之处不仅在于使用喜剧手法表现严肃主题的尝试，更在于他从世俗人文主义的视角对宗教进行的文学性再现。

其次，在洛奇的天主教小说和校园小说之中，反讽叙事融合了诸多不同的母题，从一个独特的视角再现了当代语境中宗教与世俗、学院与社会、人文与科技等二元对立项之间的矛盾、冲突和对话。洛奇运用反讽叙事进行文本创作的主要目的，不仅仅是为了引入喜剧元素，更是为了将身份和自我的概念融入其中，在亦破亦立中确立了充满自觉意识的文化自我和身份认同。在冲突和对话中，文本意义的张力被凸显，显示了作者通过虚构文本叙事探讨社会现实问题的尝试和努力。

再次，洛奇小说中反讽叙事本身所具有的悖逆性在文本意义建构过程中起到了十分重要的作用。借助言语反讽、人物反讽、情境反讽、文体反讽和反讽伦理叙事，作者的真实意图和价值导向以一种隐匿的方式得以表达，增强了读者阅读活动中的参与度。作者运用反讽叙事的目的，就是在文本中实现一种能够和后现代世俗社会发生密切联系的、具有世俗伦理特征的宗教关怀，同时将文本意义的生成延伸至读者的阅读体验中。因此，反讽叙事的文本功能不仅仅是叙事性的、修辞性的，它还促进了叙述者、读者和作者的三方对话，确立了具有强烈自我意识的文化身份。

最后，洛奇所采用的反讽叙事具有典型的“间接沟通”性，主要体现在他对社会现实问题的间接批判上，其中涉及的社会问题均可归为人类在后现代社会中的异化问题。资本主义在快速发展的同时，亦在一定程度上导致了人的异化和物化。异化是“剖析、反思、批判现代社会的一个非常核心的概念”（苗翠翠，2020：29），其核心价值导向是对资本主义制度的批判性重构。马克思认为人的异化是一种“消极的、负面的现象”（转引自张敦福，2020：194），他曾经提出：“人的本质不是单个人所固有的抽象无，在其现实性上，它是一切社会关系的总和”（转引自王琼，2020：72）。这一论断强调了“人的一切活动都要受到生活的现实世界的影响，处于一定的生产关系当中”（转引自王琼，2020：72）。因此，人的异化与他所生存的社会密切相关，亦体现了“人同自身、同自己劳动的关系”（张敦福，2020：194）。反过来讲，消除人类异化的根本方法，便是对社会关系进行具有革命性的变革。在洛奇所营造出来的文本世界之中，人们追名逐利，早已忘记初心。以扎普为代表的学界名流终日思索如何占有更多的金钱和资源，全然没有意识到自己已经被工作所异化，“异化劳动造成的后果是，劳动者被自身活动创造出来的对象所奴役，主体由于自己的活动形成了一种否定的力量，这种力量转变了主体和客体的工具性结构，使主体转化为自己的对立面”（王琼，2020：72）。这也是洛奇小说中诸多人物陷入伦理困境、无法实现自身身份认同和建构的根本原因。作者对这一现实情状进行了反讽式再现，凸显了洛奇对这一问题的批判态度。

综上所述，本书认为通过反讽叙事，洛奇在文本中实现了小说对现实社会的影响力，通过再现多元文化中主体的生活重建经验，确立了个体的文化自我和身份认同。本书将洛奇的天主教小说和校园小说进行合并分析，认为反讽叙事是贯穿其中的主导叙事手法。虽然反讽叙事具有一定的批判性，但是批判并不是作者的终极目的。洛奇的真实意图是在具有动态性的矛盾关系中，实现主体的文化身份认同，折射出作者的反讽意识和自我意识。

（本书受中央高校基本科研业务费资助，项目编号 309160313112）

附　录①

一、 戴维·洛奇生平②

年份	事件
1935	出生在伦敦南部
1945	进入天主教文法学校 St. Joseph's Academy
1952	从 St. Joseph's Academy 毕业；进入伦敦大学学院
1955	获英文系学士学位；在约克郡服兵役
1957	进入伦敦大学学院攻读硕士学位
1959	与 Mary Frances Jacob 结婚；获得硕士学位
1959-1960	在英国文化协会任助理
1960	在伯明翰大学任讲师
1963	与马尔科姆·布拉德伯里和詹姆斯·达科特合作创作 *Between These Four Walls*

续表

年份	事件
1965	与詹姆斯·达科特和戴维·特纳一起创作 *Slap in the Middle*
1967	在伯明翰大学获博士学位
1969	受邀去加利福尼亚大学任访问副教授

二、作品列表

Year	**Work(s)**
1953	*The Devil, the World and the Flesh*
1957	*About Catholic Writers*
1960	*The Picturegoers*
1962	*Ginger, You're Barmy*
1963	*Between These Four Walls*
1965	*Slap in the Middle*
	The British Museum Is Falling Down
1966	*Language of Fiction*
	Graham Greene
1970	*Out of the Shelter*

续表

Year	Work(s)
1971	*The Novelist at the Crossroads*
	Evelyn Waugh
1972	*20th Century Literary Criticism: A Reader*
1977	*The Modes of Modern Writing*
1978	*Changing Places: A Tale of Two Campuses*
1980	*How Far Can You Go?*
1981	*Working with Structuralism*
1984	*Small World: An Academic Romance*
1986	*Write On: Occasional Essays '65-'85*
1988	*After Bathkin* *Modern Criticism and Theory: A Reader*
1989	*Nice Work*
1990	*The Writing Game*
1991	*Paradise News*
1992	*Art of Fiction*
	Modern Criticism and Theory: A Reader
1994	*Martin Chuzzlewit (adapted from Charles Dickens' novel of the same title)*
1995	*Therapy*

续表

Year	Work(s)
1996	*The Practice of Writing*
1998	*The Man Who Wouldn't Get Up: And Other Stories*
1999	*Home Truths*
2001	*Thinks...*
2003	*Consciousness and the Novel*
2005	*The Year of Henry James*
2008	*Deaf Sentence*
2011	*A Man of Parts*
2014	*Lives in Writing*
2015	*Quite a Good Time to Be Born*
2017	*Writer's Luck: A Memoir 1976-1991*

三、其他学者的研究[3]

Writer	Monograph	Year
Moseley, Merrit	*David Lodge, How Far Can You Go?*	1991
Bergonzi, Bernard	*David Lodge*	1995

续表

Writer	Monograph	Year
Arizti, Barbara	*Textuality as Striptease: The Discourse of Intimacy in David Lodge's Changing Places and Small World*	2002
罗贻荣	走向对话——文学·自我·传播	2006
欧荣	双重意识：英国作家戴维·洛奇研究	2011
Ou Rong	*The Motif of Crisis in David Lodge's Fiction*	2008
蒋翃遐	戴维·洛奇校园小说的空间化叙事研究	2012
Writer	**Dissertation**	**Year**
Lores Sanz, Rosa	*An Analysis of Cultural Terms in the Translation of Changing Places: A pragmatic Approach*	1994
Li Wenxin	*David Lodge's Fiction of Negotiation: Remapping the Condition of England*	1997
王菊丽	结构与解构的悖论性对话	2005
Sant, Thomas Doyle	*David Lodge: Narrative Values*	2005
李雪	戴维·洛奇重要小说中三种现代写作方式研究	2008
罗贻荣	戴维·洛奇对话小说理论与创作实践	2009
张艳蕊	戴维·洛奇天主教小说中的宗教意识	2010
王翠	戴维·洛奇文学批评研究	2017
Writer	**Thesis**	**Year**
Martin, Barbara Arizti	*Metafiction in Changing Places*	1994

续表

Writer	Thesis	Year
宋艳芳	戴维·洛奇的理论化小说——洛奇《三部曲》研究	2002
丁兆国	戏拟与复调的寓意——评戴维·洛奇校园小说三部曲	2003
O'Malley, Peter John.	*As Far As You Can Go: Carnality and the Catholic Conscience inDavid Lodge's Fiction*	2006
黄利华	*Realism in David Lodge's Nice Work*	2006
吴红光	论戴维·洛奇小说的喜剧性及雅俗共赏特征	2006
吴琴华	在理论与实践之间：戴维·洛奇小说理论与创作实践的一致性与不一致性	2006
尹雅莉	《小世界》的互文性解读	2006
钱颖	论戴维·洛奇的长篇小说创作	2007
徐晓涵	对话理论与戴维·洛奇小说中的对话艺术	2007
王善科	戴维·洛奇创作中的知识分子主题	2007
耿程程	戴维·洛奇的互文性观点及其在《小世界》中的应用	2007
邱皓	行进之路上的思问者——浅论戴维·洛奇小说中对后现代主义的反省意识	2007
张晓明	后现代主义与新现实主义——论戴维·洛奇之校园三部曲	2007
姜兆霞	“不安定世界”里的学者探索	2007
张晓明	后现代主义与新现实主义	2007
李斯	从“校园三部曲”看戴维·洛奇小说的叙事艺术	2008

续表

Writer	Thesis	Year
张素珍	论戴维·洛奇“校园小说”三部曲的转喻与隐喻话语模式	2008
王鸣鸣	深切之问，睿智之思	2008
赵琳娅	二律背反之突围——戴维·洛奇批评理论与文学创作间的张力阐释	2008
郄丽娟	试析戴维·洛奇“校园三部曲”的叙事艺术	2008
宫玉岩	论戴维·洛奇“校园三部曲”中的不确定性	2008
陈研	《小世界》的互文性解读	2008
康巍巍	处在十字路口的小说家——论洛奇写作中二元性因素的特征	2008
陈漏希	多元因素的系统融合——论戴维·洛奇的小说创作	2009
杨明	巴赫金与拉伯雷和洛奇间的狂欢对话	2009
冒海涛	他们在寻找什么，他们将走向何方？——后现代视野下的《小世界》	2009
张璐	《你能走多远？》的狂欢—对话时空体	2009
蔡艺颖	宗教仪式下“普世”性质的人文关怀——论戴维·洛奇的小说《天堂消息》和《治疗》	2009
李慧群	中英两部校园小说比较——张者《桃李》与戴维·洛奇《小世界》之比较	2009
贺晚青	《围城》与《小世界》中的现代学者形象之比较	2009
马海英	万花筒——论戴维·洛奇《小世界》的艺术特色	2009
李婷	《小世界》中的反讽	2009
蔺娟	评戴维·洛奇《小世界》中的对话性与狂欢化	2009

续表

Writer	Thesis	Year
袁媛	戴维·洛奇的小说艺术	2010
吴佳娣	戴维·洛奇在中国	2010
江静	论戴维·洛奇校园小说中的知识分子形象	2010
吴凝眉	危机与拯救：戴维·洛奇的小说主题	2010
于敏	《小世界》的空间表现策略	2010
杨莹莹	后现代主义中的现实主义——《小世界》中布洛克—罗斯现实主义元素研究	2010
梅丽华	戴维·洛奇《小世界》之互文性解读	2010
仲文娜	从对立走向融合戴维·洛奇“校园三部曲”中的二元对立模式	2011
王怡荻	戴维·洛奇小说的校园知识分子形象研究	2011
徐一渌	戴维·洛奇小说互文性研究	2011
赵旸	戴维·洛奇与“小说的艺术”	2011
胡鹏	追寻与虚无——《小世界》追寻母题的结构的变异	2011
苏纯	论《小世界》里的二元对立	2011
刘凌妍	论戴维·洛奇“校园三部曲”的喜剧性	2012
林立	戴维·洛奇小说中的伦理关怀	2012
杜李娟	冲突与融合——戴维·洛奇小说《好工作》研究	2012
郑司阳	戴维·洛奇《好工作》的影像性叙事特征	2012

续表

Writer	Thesis	Year
宁文娟	《美好的工作》的互文性研究	2012
夏肖肖	戴维·洛奇三部小说中的冲突与融合	2012
董翠格	戴维·洛奇《小世界》的叙事艺术	2012
李凯晨	论戴维·洛奇“校园三部曲”中的戏仿	2012
王文妹	生态批评视域下的《小世界》	2013
亓芹芹	论戴维·洛奇校园小说中知识分子的身份危机	2013
许冰洁	蛛网下的生存状态——《小世界》中知识分子的异化研究	2013
刘俊秋	戴维·洛奇的小说理论及小说创作关键词研究	2013
李柯	戴维·洛奇“校园三部曲”中的熵	2013
张容姣	顺应论在戴维·洛奇《你能走多远》（第一章）翻译中的应用	2013
熊剑	拉康镜像理论视域下《换位》中的自我认同	2013
刘浩然	《小世界》的复调特征研究	2013
安杨	戴维·洛奇《小世界》的空间叙事艺术	2013
刘灿璨	《失聪宣判》中的U型叙事结构	2013
苏晶	《小世界》中的对话与狂欢	2013
祁丽娜	《你能走多远》的对话性解读	2013
王霁平	戴维·洛奇的《换位》中知识分子的形象研究	2013

Writer	Thesis	Year
郭佳宁	论《小世界》的狂欢化特征	2013
周源贞	论《换位》的空间化叙事技巧	2013
刘洲	戴维·洛奇小说理论与其《校园三部曲》的对比分析	2013
李伟	《小世界》互文性新解	2014
杨瑞雪	《治疗》中墩子的自性化研究	2014
赵靖辉	洛奇实验小说中的追寻母题研究	2014
亓超	文学伦理学批评视角下的《美好的工作》研究	2014
李侨	论戴维·洛奇小说中的性	2014
钟永军	天主教再思考：戴维·洛奇小说中宗教观的变化	2014
易文婷	论文学作品中长句的英译汉——以《风流才子》为例	2015
李喆	从《失聪宣判》看老年知识分子的精神危机及其救赎	2015
郭一平	《失聪宣判》的焦虑意识研究	2015
白妍	*Author, Author of David Lodge: from The Perspective of Polyphonic Novel*	2015
刘海梅	《失聪宣判》的耳聋创伤书写研究	2015
刘伟	《失聪宣判》的身份认同危机主题研究	2015
葛林林	论戴维·洛奇“校园三部曲”中的反英雄形象	2015
李伟	戴维·洛奇后期创作中的身体叙事——以《治疗》和《失聪宣判》为中心	2015

Writer	Thesis	Year
李会芹	戴维·洛奇小说的忏悔意识研究	2015
张雨杰	戴维·洛奇《作者，作者》的新历史主义解读	2016
鲍思学	戴维·洛奇小说创作的互文性研究	2016
李如雪	严肃的游戏大师——戴维·洛奇三部天主教小说形式和主题探究	2016
张盈盈	改写理论视角下《小世界》两个中译本对比研究	2016
施婷婷	从叙事学角度论《小世界》中伪知识分子形象塑造	2016
韩涵	《换位：双校记》中的权威主题及反讽叙事	2016
蓝庆	塞尔心灵哲学关照下《想……》的叙事艺术	2016
张苗	现代社会中的“圣杯追寻”——以《了不起的盖茨比》和《小世界》为例	2017
申晓蕾	解析戴维·洛奇“校园三部曲”后现代主义写作技巧	2017
曹建冰	戴维·洛奇校园三部曲中的知识分子身份危机探析	2017
覃兰梅	戴维·洛奇《小世界》中的不确定性研究	2017
于淼	戴维·洛奇学院派三部曲中的女性知识分子研究	2017
王贝贝	学院与现实之间的对话与张力	2018
汪琳	戴维·洛奇小说创作的游戏精神研究	2018
杨文秀	戴维·洛奇《换位》的叙事策略研究	2018
王悦悦	戴维·洛奇“校园三部曲”的艺术特色	2018

Writer	Thesis	Year
蒋春瑞	戴维·洛奇前期小说理论研究	2018
孙亚琳	戴维·洛奇“校园三部曲”的女性主义研究	2018
曹佳宇	论戴维·洛奇“校园三部曲”中的狂欢化特征	2019
杨欢	戴维·洛奇《小世界》中的校园知识分子形象研究	2019
杨靖雯	对戴维·洛奇校园三部曲中英国性的研究	2019

四、 研究曲线分布图示

1. 按年份排列

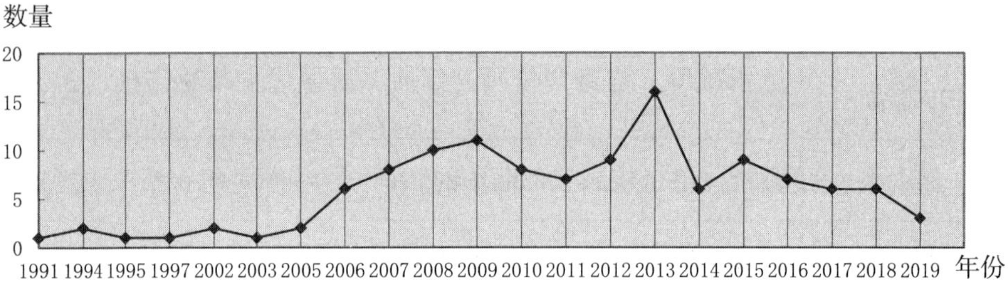

图 1

2. 按研究对象排列

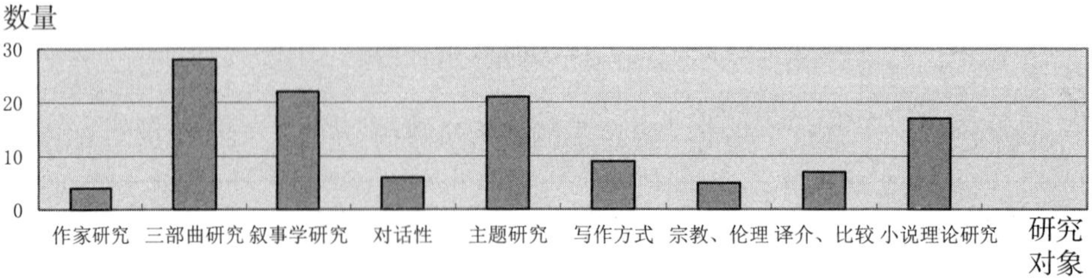

图 2

说明：数据分析的主要来源是附录 3 中所列出的专著和硕博士论文。受搜索资源因素的制约，本表中所列出的研究成果难免有些许遗漏，敬请指正。期刊论文数量繁多，来源庞杂，没有纳入其中。从图一可以看出，对戴维·洛奇的研究从 2005 年以后呈上升趋势。随着作家影响力的扩大和译介范围的增大，越来越多的学者开始关注戴维·洛奇的小说作品。图二可以反映出洛奇研究中的热点问题。大多数研究仍然集中在他的校园三部曲、叙事研究、主题研究和小说理论研究上，对于小说中所表现出的宗教和伦理方面的研究相对偏少。近年来，随着跨学科研究的兴起，学术界也开始出现翻译学和比较文学方面的研究，为洛奇小说和理论研究打开了新思路，是值得关注的新方面。

【注释】

① 该附录以《冲突·对话·协商——戴维·洛奇天主教小说中宗教与世俗的关系研究》中的附录为基础，进行了进一步的补充和调整。

② 此处参照了 Merrit Moseley 的著作 *David Lodge: How Far Can You Go* 中的相关信息。

③ 本表数据中关于学位论文的部分主要来源于 CNKI，数据收集截止至 2020 年 11 月 17 日。

参考文献

[1] Adler, J. M., Lodi-Smith, J., Philippe, F. L. & Houle, I. The Incremental Validity of Narrative Identity in Predicting Wellbeing: A Review of the Field and Recommendations for the Future[J]. *Personality and Social Psychology Review*, 2016(20): 142-175.

[2] Alber, J. Unnatural Narratives, Unnatural Narratology: Beyond Mimetic Models[J]. *Narrative*, 2010(5): 113-137.

[3] Aldridge, A. *Religion in the Contemporary World: A Sociological Introduction* [M]. Cambridge: Polity Press, 2007.

[4] Allen, G. *Intertextuality—the New Critical Idiom*[M]. New York: Routledge Books, 2000.

[5] Arizti, B. *Textuality as Striptease: The Discourse of Intimacy in David Lodge's Changing Places and Small World*[M]. Frankfurt am Main: Europaeisher Verlag der Wissenshaften, 2002.

[6] Athill, D. *Somewhere Towards the End: A Memoir*[M]. New York & London: W.W. Norton & Company, 2009.

[7] Bakhtin, M. *The Dialogic Imagination*[M]. Texas: University of Texas Press, 1981.

[8] Bakhtin, M. *Problems of Dostoevsky's Poetics* (2nd ed.)[M]. Minnesota:

Minnesota University Press, 2003.

[9] Beckford, J. *Social Theory and Religion*[M]. Cambridge: University of Cambridge Press, 2003.

[10]Ben-Merre, D. After Words: The Paratexts of Martin Amis's TIME'S ARROW[J]. *The Explicator*, 2013(2): 117-119.

[11] Benthall, J. *Returning to Religion: Why a Secular Age Is Haunted by Faith*[M]. New York: I. B. Tauris & Co Ltd., 2008.

[12] Berger, P. *The Desecularization of the World: Resurgent Religion and World Politics*[M]. Michigan: William B. Eerdmans Publishing Company, 2010.

[13] Bergonzi, B. *The Myth of Modernism and 20th Century Literature*[M]. New York: St. Martin's Press, 1986.

[14] Bergonzi, B. A Religious Romance: David Lodge in Conversation[J]. *The Critic* (1992): 69-73.

[15] Bergonzi, B. *David Lodge*[M]. Plymbridge: Northcote House Publishers Ltd, 1995.

[16] Bergonzi, B. English Catholics: A Singular History and an Uncertain Future[J]. *Commonweal*, 2004: 18–20.

[17] Bergonzi, B. The Catholic Novel: Is There Any Such Thing?[J]. *Commonweal,* 2007(4): 10-12.

[18] Boyle, N. *Sacred and Secular Scriptures: A Catholic Approach to Literature*[M]. Notre Dame: Notre Dame University Press, 2003.

[19] Bradbury, M. *The Contemporary English Novel*[M]. New York: Holmes and Meier Publishers, 1980.

[20] Bradist, C. *The Bakhtin Circle: Philosophy, Culture and Politics*[M]. Virginia: Pluto Press, 2002.

[21] Brown, C. *Religion and Society in Twentieth-Century Britain*[M]. Edingburgh: Pearson Education Limited, 2006.

[22] Bruce, S. *Religion and Modernization: Sociologists and Historians Debate the*

Secularization Thesis[M]. Oxford: Oxford University Press, 1992.

[23] Bruce, S. The Truth about Religion in Britain[J]. *Journal of the Science Study of Religion,* 1995(8): 417-430.

[24] Bruce, S. *Religion in Modern Britain*[M]. Oxford: Oxford University Press, 1995.

[25] Bruce, S. Religion in Britain at the Close of the 20th Century: A Challenge to the Silver Lining Perspective[J]. *Journal of Contemporary Religion*, 1996(11): 261-275.

[26] Carter, I. *Ancient Cultures of Conceit: British University Fiction in the Post-war Years*[M]. New York: Routledge Publishers, 1990.

[27] Chen, Y., McAnaly, H. M., Wang, W. & Reese, E. The Coherence of Critical Event Narratives and Adolescents' Psychological Functioning[J]. *Memory*, 2012(20): 667-681.

[28] Coleman, S. & John, E. *Pilgrimage: Past and Present in the World Religions* [M]. Harvard: Harvard University Press, 1995.

[29] Corbishley, T. *Roman Catholicism*[M]. New York: Harper Torchbooks, 1964.

[30] Couser, G. T. *Memoir: An Introduction*[M]. Oxford: Oxford University Press, 2012.

[31] Crowe, M. Intimations of Immorality: Catholicism in David Lodge's Paradise News[J]. *Renascence*, 2000(12): 143-161.

[32] Crowe, M. *Aiming at Heaven, Getting the Earth*[M]. New York: Lexington Books, 2007.

[33] Davie, G. *Religion in Britain since 1945: Believing without Belonging*[M]. MA:Blackwell Publishers, 1994.

[34] Davies, A. & Sinfield, A. *British Culture of the Postwar: An Introduction to Literature and Society 1945-1999*[M]. New York: Routledge Publishers, 2000.

[35] Doerr, E. Desecularization[J]. *The Humanist* , 1998(7): 37-38.

[36] Dynel, M. The Irony of Irony: Irony Based on Truthfulness[J]. *Corpus*

Pragmatics, 2017(1): 3-36.

[37] Eagleton, T. The Silence of David Lodge[J]. *New Left Review,* 1988(12): 93-102.

[38] Eagleton, T. *Literary Theory: An Introduction*[M]. Minnesota: Minnesota University Press, 1996.

[39] Eagleton, T. *The English Novel*[M]. MA: Blackwell Publishers, 2005.

[40] Fraser, T. *The Modern Catholic Novel in Europe*[M]. New York: Twayne Publishers, 1994.

[41] Gardiner, M. *The Dialogics of Critique: M. M. Bakhtin and the Theory of Ideology*[M]. London: Routledge Publishers, 1992.

[42] Gilley, S. & Sheils, W. J. *A History of Religion in Britain*[M]. MA: Basil Blackwell Ltd, 1994.

[43] Greeley, A. *Religion in Europe at the End of the Second Millennium*[M]. New Jersey: New Brunswick Transaction Publishers, 2003.

[44] Habib, M. A. R. *Modern Literary Criticism and Theory: A History*[M]. Malden: Blackwell Publishers, 2008.

[45] Haffenden, J. *Novelists in Interview*[M]. London: Methuen Publishers, 1985.

[46] Hirschkop, K. & Sheperd, D. *Bakhtin and Cultural Theory*[M]. Manchester: Manchester University Press, 1989.

[47] Holoquist, M. *Dialogism: Bakhtin and His World*[M]. New York: Routledge, 1990.

[48] Honan, P. David Lodge and the Cinematic Novel in England[J]. *Novel: A Forum on Fiction,* 1972(5): 167-173.

[49] Honan, P. *Author's Lives: On Literary Biography and the Arts of Language*[M]. New York: St. Martin's Press, 1990.

[50] Hume, D. *A Treatise of Human Nature*[M]. Oxford: Clarendon Press, 1951.

[51] Hunt, S. *Religion in Western Society*[M]. New York: Palgrave Publishers, 2002.

[52] Ker, I. *The Catholic Revival in English Literature:1845-1961*[M]. Notre Dame:

University of Notre Dame Press, 2003.

[53] Ledewitz, B. *Hallowed Secularism: Theory, Belief, Practice*[M]. New York: St. Martin's Press LLC, 2009.

[54] Lenoski, D. The Catholic Carnival: The Novels of David Lodge. *Ultimate Reality and Meaning,* 2005(28): 315-329.

[55] Lenoski, D. *Between Human and Divine*[M]. Washington: Catholic University of America Press, 2010.

[56] Lodge, D. *The Modes of Modern Writing—Metaphor, Metonymy, and the Typology of Modern Literature*[M]. Cornell: Cornell University Press, 1977.

[57] Lodge, D. *The Picturegoers*[M]. England: Martin Secker & Warburg Ltd, 1980.

[58] Lodge, D. *Working With Structualism-Essays and Reviews on Nineteenth and Twentieth Century Literature*[M]. London: Routledge, 1981.

[59] Lodge, D. *How Far Can You Go?*[M]. London: Penguin Books, 1981.

[60] Lodge, D. *Write On*[M]. England: Martin Secker & Warburg Limited, 1986.

[61] Lodge, D. The Novel Now: Theories and Practices[J]. *Novel: A Forum on Fiction,* 1988(21): 125-138.

[62] Lodge, D. *The British Museum is Falling Down*[M]. London: Penguin Books, 1989.

[63] Lodge, D. *After Bakhtin—Essays on Fiction and Criticism*[M]. London: Routledge, 1990.

[64] Lodge, D. *Paradise News*[M]. London: Martin Secker & Warburg Ltd, 1991.

[65] Lodge, D. *The Art of Fiction: Illustrated from Classic and Modern Texts*[M]. New York: Penguin Books, 1992.

[66] Lodge, D. *Therapy*[M]. London: Martin Secker & Warburg Ltd, 1995.

[67] Lodge, D. *Kierkegaard Revisited: Proceedings from the Conference "Kierkegaard and the Meaning of Meaning It"*[M]. Berlin: Walter de Gruyter Company, 1996.

[68] Luo Yirong. An Interview with David Lodge[J]. 外国文学研究，2010(4): 1-9.

[68] Marsden, G. M. & Longfield, B. J. *The Secularization of the Academy*[M]. Oxford: Oxford University Press, 1992.

[69] Martin, B. *David Lodge*[M]. New York: Twayne Publishers, 1999.

[70] Martin, D. *A General Theory of Secularization*[M]. New York: Harper & Row Publishers, 1978.

[71] Martin, D. *The Dilemmas of Contemporary Religion*[M]. New York: St. Martin's Press, 1978.

[72] Martin, D. Does the Advance of Science Mean Secularization?[J]. *Science and Christian Belief,* 1984(19): 3-19.

[73] Martin, D. O*n Secularization: Towards a Revised General Theory*[M]. Farnham: Ashgate Publishing Company, 2005.

[74] Martin, D. Secularization and the Future of Chrisitianity[J]. *Journal of Contemporary Religion,* 2005(20): 145-160.

[75] Marwick, A. *British Society since 1945*[M]. Suffolk: Richard Clay Ltd, 1982.

[76] McDannell, C. & Lang, B. *Heaven: A History*[M]. Yale: Yale University Press, 2001.

[77] McSweeney, W. *Roman Catholicism: The Search for Relevance*[M]. New York: St. Martin's Press, 1980.

[78] Morace, R. A. *The Dialogic Novels of Malcolm Bradbury and David Lodge*[M]. Carbondale and Edwardsville: University of Southern Illinois Press, 1989.

[79] Moseley, M. *David Lodge, How Far Can You Go?*[M]. London: Routledge, 1991.

[80] Muechen, W. W. The Fiction of David Lodge in the Eighties—Discontent with Life and Literature Expressed from a Moderate, Liberal and Undogmatically Christian Point of View[J]. *Anglistik & Englischunterricht,* 1992(48): 19-42.

[81] Norman, E. *Roman Catholicism in England: From the Elizabethan Settlement to the Second Vatican Council*[M]. Oxford: Oxford University Press, 1985.

[82] O'Brien, W. & Schuck, M. J. *Riding Time Like a River: The Catholic Moral*

Tradition Since Vatican II[M]. Washington: Georgetown University Press, 1993.

[83] O'Malley, J. *What Happened at Vatican II*[M]. Harvard: Harvard University Press, 2008.

[84] O'Reily, J. & O'Reily, S. *Pilgrimage: Adventures of the Spirit*[M]. San Francisco: Travellers Tales Publisher, 2009.

[85] Ou Rong. *The Motif of Crisis in David Lodge's Novels*[M]. Shanghai: Shanghai Foreign Language Education Express, 2008.

[86] Perkin, R. The Pilgrimages of David Lodge[J]. *Christianity and Literature,* 2008(57): 419-442.

[87] Ross, J. R. The Meaning of Secularization[J]. *Restoration Quarterly,* 1969(12): 10-25.

[88] Sonnenfeld, A. *Crossroads: Essays on the Catholic Novelists*[M]. Vestavia: Summa Publications, 1982.

[89] Syed, M. & Azmitia, M. Narrative and Ethnic Identity Exploration: A Longitudinal Account of Emerging Adults' Ethnicityrelated Experiences[J]. *Developmental Psychology*, 2010(46): 208-219.

[90] Thiebaut, C. Secularizing Traditional Catholicism[J]. *Philosophy & Social Criticism: Laicism and Laicité,* 2010(36): 365-380.

[91] Thwaite, M. *Authorship: From Plato to the Postmodernism*[M]. Edinburgh: Edinburgh University Press, 2003.

[92] Waldmeir, J. *Cathedrals of Bone: The Role of the Body in Contemporary Catholic Literature*[M]. New York: Fordham University Press, 2009.

[93] Woodman, T. *Faithful Fictions: The Catholic Novel in British Literature*[M]. Philadelphia: Open University Press, 1981.

[94] Worton, M. & Still, J. *Intertextuality—the New Critical Idiom*[M]. New York: Routledge, 2000.

[95] 艾里希·弗洛姆著，许达俊等译．精神分析的危机 [M]. 北京：国际文化出

版公司，1998.
[96] 巴赫金著，钱中文译．巴赫金全集 [M]. 石家庄：河北教育出版社，1998.
[97] 巴赫金著，白春仁译．陀思妥耶夫斯基诗学问题 [M]. 上海：三联书店，1988.
[98] 保罗・尼特著，王志成译．宗教对话模式 [M]. 北京：中国人民大学出版社，2003.
[99] 车晓勤．寓言・意识・生产——解读戴维・洛奇的小说《美好的工作》[J]. 外国文学，2001(5): 76-80.
[100] 陈博，王守仁．文学批评伦理转向中的他者伦理批评 [J]. 南京社会科学，2018(2): 120-126.
[101] D・C・米克著，周发祥译．论反讽 [M]. 北京：昆仑出版社，1992.
[102] 戴维・洛奇著，罗贻荣译．小世界 [M]. 重庆：重庆出版社，1992.
[103] 戴维・洛奇著，罗贻荣译．治疗 [M]. 南京：译林出版社，1995.
[104] 戴维・洛奇著，罗贻荣译．美好的工作 [M]. 北京：作家出版社，1998.
[105] 戴维・洛奇著，罗贻荣译．换位 [M]. 北京：作家出版社，1998.
[106] 戴维・洛奇著，罗贻荣译．天堂消息 [M]. 北京：作家出版社，1998.
[107] 戴维・洛奇著，张楠译．大英博物馆在倒塌 [M]. 上海：译文出版社，2010.
[108] 丹尼尔斯枢机著，周太良译．史无前例的梵二会议 [J]. 中国天主教，2013(1)：7-14.
[109] 丁兆国．英国现实主义小说的传统与革新——论戴维·洛奇《小世界》中的戏拟 [J]. 世界文学评论，2010(2)：255-259.
[110] 傅乐安．当代天主教 [M]. 北京：东方出版社，1996.
[111] 韩大强．大众文化的狂欢与精英文化身份的焦虑 [J]. 信阳师范学院学报，2006(12)：111-115.
[112] 何畅，王丽．工业小说传统的“恢复”——文化资本视野中的《美好的工作》[J]. 浙江工业大学学报，2013(2)：68-72.
[113] 何伟文．战后英国小说的现实主义、现代主义和后现代主义之争 [J]. 当代

外语研究，2010(1)：35-43.
[114] 华莱士·马丁著，伍晓明译 . 当代叙事学 [M]. 北京：北京大学出版社，1990.
[115] 侯维瑞 . 现代英国小说史 [M]. 上海：上海外语教育出版社，1985
[116] 蒋翃遐 . 戴维·洛奇小说《换位》的经典叙事学解读 [J]. 当代外国文学，2012（2）：61-69.
[117] 李建军 . 论小说中的反讽修辞 [J]. 中国人民大学学报，2001(5)：106-111.
[118] 李玲 . 从宗教桎梏走向世俗拯救——戴维·洛奇《天堂消息》解读 [J]. 湖南工业技术学院学报，2011，12(2)：66-68.
[119] 李梅英，孙明丽 . 物欲横流的学者世界——戴维·洛奇《小世界》的互文性解读 [J]. 名作欣赏，2008(4)：115-118.
[120] 李斯 . 从《天堂消息》看戴维·洛奇小说的喜剧特征 [J]. 黄石理工学院学报，2007(2)：32-35.
[121] 李斯 . 论《美好的工作》的叙事艺术 [J]. 科教文汇，2007(8):170-171.
[122] 李思 . 论小说中反讽的伦理意义 [J]. 解放军外国语学院学报，2019(2)：56-62.
[123] 李雪 . 戴维·洛奇重要小说中三种现代写作方式研究 [D]. 上海：上海外国语大学，2008.
[124] 李增 . 从《小世界》看巴赫金狂欢化的反讽 [J]，外国文学，2005(5)：91-95.
[125] 李增，马晓明 . 从现代到后现代：《小世界》的两种声音 [J]. 东北师大学报，2001(5)：117-122
[126] 刘灿璨 .《失聪宣判》中的 U 型叙事结构 [D]. 武汉：湖北大学 , 2013.
[127] 刘泓 . 欧洲天主教与文化 [M]. 北京：中央民族大学出版社，1999.
[128] 刘萍 . 论《小世界》的互文性艺术 [J]. 外语研究 , 2004(4)：70-73.
[129] 罗贻荣 . 走向对话：文学·自我·传播 [M]. 北京：中国社会科学出版社，2006.
[130] 罗贻荣 . 沉沦与拯救——评戴维·洛奇的长篇小说《治疗》[J]. 英美文学

研究论丛，2008(1)：58-70.
[131] 罗贻荣 . 戴维・洛奇访谈录 [J]. 外国文学，2009(6)：105-113.
[132] 罗贻荣 . 戴维・洛奇对话小说理论与实践 [D]. 天津：天津师范大学，2009.
[133] 吕鲜林 . 梵二会议精神及其意义初探 [D]. 上海社会科学院，2008.
[134] 马凤春 . 戴维・洛奇作品中的"拯救". 辽宁工程技术大学学报，2010(4)：414-415。
[135] 马凤春 . 评《小世界》——戴维・洛奇笔下的知识分子 [J]. 西南农业大学学报，2010(3)：148-149.
[136] 马凤春 . 戴维・洛奇作品中的后现代主义叙事模式 [J]. 湖南医科大学学报，2010(2)：157-158.
[137] 苗翠翠 . 当代社会的异化新形态——罗萨"社会加速逻辑批判"论析 [J]. 国外理论动态，2020(4)：28-36.
[138] 南帆 . 后现代主义、消极自由和负责的反讽 [J]. 文艺理论研究，2009(2)：2-12.
[139] 欧荣 . 戴维・洛奇国内研究述评 [J]. 四川外语学院学报，2007(1)：52-56.
[140] 欧荣 . 戴维・洛奇作品中的"危机"母题研究 [M]. 上海：上海外语教育出版社，2008.
[141] 欧荣 . 戴维・洛奇的"后现代主义小说观" [J]. 淮阴师范学院学报，2008(4)：538-541.
[142] 卜祥记 . 论皮亚杰与弗洛伊德的内在联系 [J]. 徐州师范学院学报，1995(3)：113-119.
[143] 齐格蒙特・鲍曼 . 后现代伦理学 [M]. 南京：江苏人民出版社，2003.
[144] 瞿世镜 . 洛奇作品选 [J]. 外国文艺，1991(5)：104-116.
[145] 瞿世镜，任一鸣 . 当代英国小说史 [M]. 上海：译文出版社，2008.
[146] 佘向军 . 小说反讽叙事艺术 [M]. 北京：当代中国出版社，2004.
[147] 佘向军 . 隐幽婉曲 意蕴繁丰——论小说反讽叙事的含蓄美 [J]. 美与时代，2003(2)：82-83.

[148] 佘向军 . 论反讽叙事对读者的召唤 [J]. 中国文学研究，2004(4)：31-34.
[149] 申慧辉 . 曲高未必和寡——谈戴维 · 洛奇和他的《小世界》[N]. 文艺报，1991.
[150] 宋艳芳 . 文学实验、文化研究及限度——洛奇《三部曲》对文化研究的回响及其引起的反思 [J]. 四川外语学院学报，2003(5)：75-79.
[151] 苏晖 .《小世界》的典故反讽 [J]. 外国文学研究，2002(2)：91-94.
[152] 孙波 . "梵二会议"与现代天主教思想的更新 [J]. 艺术科技，2012(2)：88-90.
[153] 孙健灵 . 宗教文化与经济发展 [M]. 昆明：云南大学出版社，2010.
[154] 童燕萍 . 怀疑与希望——浅谈戴维 · 洛奇的《天堂消息》[M]. 外国文学，2000(3)：79-81.
[155] 王菊丽 . 论《小世界》的追寻母题及其变异——一个体裁批评视角的阐释 [J]. 当代外国文学，2008(1)：78-83.
[156] 王菊丽 . 结构与解构的悖论性对话——戴维 · 洛奇校园小说的建构模式研究 [D]. 开封：河南大学，2005.
[157] 王鸿生 . 何谓叙事伦理批评 [J]. 文艺理论研究，2015(6)：14-21.
[158] 王美秀 . 当代基督宗教社会关怀：理论与实践 [M]. 上海：三联书店，2006.
[159] 王美秀 . 基督教史 [M]. 南京：江苏人民出版社，2006.
[160] 王琼 . 马克思理论的主体和异化概念在当代社会的意义 [J]. 文教资料，2020(19)：72-74.
[161] 汪正龙 . 说反讽——对西方美学史上一个重要范畴的考察 [J]. 人文杂志，2007(3)：112-116.
[162] 伍茂国 . 现代性语境中的文学叙事伦理学 [J]. 北方论丛，2011：43-46.
[163] 伍茂国 . 现代小说叙事伦理 [M]. 北京：新华出版社，2008.
[164] 吴琴华，田颖 . 跷跷板之间的张力——解读戴维 · 洛奇的处女作《电影迷》[M]. 电影文学，2007(4)：33-34.
[165] 肖莉 . 元小说"碎片化"写作——颠覆传统叙述的整体性 [J]. 福建师范大

学学报，2008(3)：54-59.
[166] 肖建华 . 大众文化的批判与辩护——当代西方大众文化理论述评 [J]. 国外社会科学》，2007(1)：8-15.
[167] 谢有顺 . 小说叙事的伦理问题 [J]. 小说评论，2012(5)：24-30.
[168] 徐一渌 . 戴维 · 洛奇小说互文性研究 [D]. 长春：东北师范大学，2011.
[169] 杨明，张晓东等著 . 现代西方伦理思潮 [M]. 合肥：安徽人民出版社，2009.
[170] 殷企平，高奋，童燕萍 . 英国小说批评史 [M]. 上海：上海外语教育出版社，2001.
[171] 尹琼 . 挑战与契机：英国福利国家建构及其成因分析 [J]. 理论界，2014(1)：163-165.
[172] 尹雅莉 .《小世界》的互文性解读 [D]. 兰州：兰州大学，2006.
[173] 曾艳兵 . 现实主义 · 现代主义 · 后现代主义小说辨析——以三部小说为例 [J]. 外国文学，2006(1)：41-48.
[174] 詹姆斯 · C · 列文斯顿著，何光沪译 . 现代基督教思想 [M]. 成都：四川人民出版社，1999.
[175] 张敦福 . 从“消费异化”到消费主体性：西方消费研究理论的变迁及其社会学反思 [J]. 广东社会科学，2020(6)：191-199.
[176] 张恩华 . 论《小世界》的狂欢化精神 [J]. 天津大学学报，2000(1)：32-38.
[177] 张璐 .《你能走多远》的狂欢化空间叙事 [J]. 衡水学院学报，2009(4)：57-59.
[178] 张和龙 . 战后英国小说 [M]. 上海：上海外语教育出版社，2004.
[179] 张琦 . 戴维 · 洛奇的美国梦——兼论后现代小说通俗性的界线 [J]. 当代外国文学，2003(4)：69-75.
[180] 张其学 . 作为人的生存方式的反讽 [J]. 广州大学学报，2007(6)：21-25.
[181] 张荣升，马爱华 . 从《小世界》看戴维 · 洛奇的融合思想 [J]. 合肥工业大学学报，2009(1)：115-118.
[182] 张晓明 . 后现代主义与新现实主义——论戴维 · 洛奇之校园三部曲 [D].

南京：南京师范大学，2007.

[183] 张艳蕊．《天堂消息》的圣经——基督教原型 [J]. 现代语文，2009(6)：133-135.

[184] 张艳蕊．神性与人性——戴维·洛奇与格雷厄姆·格林对天主教体系的不同借用 [J]. 名作欣赏，2011(6)：147-149.

[185] 张艳蕊．二十年来我国戴维·洛奇研究综述 [J]. 郑州大学学报，2009(5)：118-121.

[186] 张辉．光明中的迷途者——浅析反讽性叙事手法在戴维·洛奇作品中的运用 [J]. 外国文学，2010(4)：98-99.

[187] 张扬．灵魂与欲望冲突中的变革——戴维·洛奇的天主教小说创作 [J]. 学术交流，2006(7)：172-174.

[188] 张芸，程茜．反讽与创作主体意识 [J]. 东方论坛，2007(1)：33-39.

[189] 赵甲明，朱铁一．论克尔凯郭尔“个人”范畴的伦理和宗教义涵 [J]. 清华大学学报，2007(4)：63-69.

[190] 赵毅衡．重访新批评 [M]. 成都：四川文艺出版社，2009.

[191] 赵毅衡．反讽时代 [M]. 上海：复旦大学出版社，2011.

[192] 钟鸣．英国后现代现实主义小说探析 [J]. 外国文学研究，1999(1)：38-43.

[193] 周兰兰．天主教社会训导的源起及特质 [J]. 中国天主教，2012(1)：37-38.

[194] 祝亚峰．叙事伦理文本批评的方法与途径 [J]. 江淮论坛，2011（6）：167-177.